小学館文庫

裏世界旅行

二宮敦人

小学館

Ura
Sekai Ryoko
Atsuto Ninomiya

Contents

昨日、NO．365の調査を終えた。

データと所見をファイルにまとめ、棚に差し込んで驚いた。壁の一面が、裏世界旅行の記録で埋まっていたのだ。

「随分続くねえ。根気だねえ」

菱田《ひしだ》教授がパイプをくわえて苦笑いしていた。

「しかし、その裏世界って名前は何とかならないの。『深層自己意識』とかさ、学問っぽく言った方がいいんじゃない。心理学の先生にでも聞いて」

いつものように、そう言われた。教授の言葉ももっともだが、すっかりこの呼び名に慣れてしまって、今さら変えづらい。

「そのうち、考えます。お茶、淹《い》れますか」

そんな風に誤魔化《ごまか》しておく。この物好きな教授には、お世話になっているのだ。

「ありがとう。しかしうちには妙な研究をしているやつが多いけれど、君が一番変わってるな。裏世界の実在は、未《いま》だに証明できないんだろう？」

「誰でも簡単に行く方法が、未発見というだけです。先生だって見たでしょう。自分の心の中に広がる、もう一つの世界を」

そう言ったら、菱田教授はニヤニヤ笑った。

「面白い体験だったよ。だけどねえ、多くの人はそんなものがあると言われても、納得しないだろう。まさか信じない人全員を、向こうに連れて行くわけにもいくまい」

大丈夫。未知の世界とは、そういうものだ。一つ一つ調べて文書にして、味方を増やしていけばいい。そのうちきっと、裏世界の存在が当たり前となる日が来る。

「私、これに一生をかける覚悟ですから」

言い切ると、菱田教授は「何が君をそこまで駆り立てるのかね」とお茶をすする。

実は、自分でも不思議だ。とにかく裏世界を知ってから、興味を惹《ひ》かれてやまない。

高校生の頃、一つの出会いが私を変えてしまった。それについて説明すると長い話になってしまう。

さあ、やることはたくさんあるぞ。次の調査について、相棒との打ち合わせ。研究計画の策定。菱田教授のお手伝いをして、家庭教師のバイトをして。終わったら、腕利きの職人がいるあのパン屋に行って、特製シナモンロールを買おう。

今日も一日、頑張ろう。

鹿島《かしま》大学　社会学部社会学科　助手　堀川月子《ほりかわつきこ》の日記より

NO.1 飛ぶ鯨――堀川月子の裏世界

それは高校の部活中の、他愛《たわい》もない雑談だった。

「いつも同じ夢を見るって言ったら信じる？」

絵筆を止め、ヒナタはそのつぶらな瞳を瞬かせてきょとんとした。

「え？　夢って、あの夢でしょ。寝てる間に見る……」

私は頷《うなず》く。

「うん、その夢」

「どういうこと。同じ夢って」

話に乗ってきた。窓際で果物皿をデッサンしていた部長が、静かに、と言うように髪をかき上げてこっちを睨《にら》む。私は少し声のトーンを落として続けた。

「だから前に見た夢の続きが見られるの。最近コツがわかってきてさ。見たいって念じると、必ず見られるようになってきた」

へえ、と目を輝かせるヒナタ。

「ねえねえ、それ、どんな夢なの。美味《おい》しいもの食べ放題とか」

「ちょっとは、疑わないの？」

「え。だってツキちゃんがそう言うんなら、本当なんでしょ。信じるよ」

こくこくと頷くヒナタ。高校生にしては野暮《やぼ》ったいメタリックピンクのヘアクリップが、おでこの脇できらりと光った。ふふ、と私は笑ってイーゼルに向き直る。

「なんか凄《すご》い気持ちのいい夢なんだよね」

真っ白なキャンバスに、私は青い絵の具をぶちゅ、とチューブからひねり出し、軽くオイルをつけた平筆ですっすっと全体に伸ばしていく。これは青空、どこまでも広がっていくの。

わあ、とヒナタが息を呑《の》む気配。

「リゾート地みたいな感じでさ」

黄色い絵の具も加えて、青と混ぜて大胆に下半分を埋める。こっちは草原。赤と、たっぷりのオイルで青空にかかった虹を大雑把《おおざっぱ》に描く。最後に、天空から糸のように細い滝が落ちてくる様を。

「こんな感じの場所。そこで一人、のんびり過ごす夢」

「ええ、いいなあ。素敵」

ヒナタときたら拍手まで始めた。さすがに恥ずかしい。

「癒やされるよー。ヒナタも連れて行ってあげたいくらい」

「私にはこんなところ、想像もできないし、絵にも描けない。やっぱりツキちゃんは凄いなあ」

嘆息し、羨ましそうに私の絵を見つめている。代わりに私はヒナタの絵を見た。たっぷりの余白を残したまま、キャンバスの真ん中、どこか申し訳なさそうにコッペパンが描かれている。茶色と赤と黄色で、ぐりぐり混ぜ合わせて色を重ねて、ちまちまちま。ディテールに凝りたいのはわかるけれど、バランスが崩れ気味。私たちの絵はいつも対照的だ。

チャイムが鳴った。

「ほーら、片付けるよ」

部長が声をかける。油絵とか、切り絵とか、粘土細工とか、それぞれ好き勝手に何か作っていた部員たちが立ち上がり、美術室の中はにわかに騒がしくなった。

もたもた、ヒナタが実にとろくさい動作で油絵の道具を片付け始める。絵の具のチューブを一つ一つ順番に箱にしまって、筆を一本ずつ並べて、クリーナーで洗って。だから帰るのがいつも最後になるのだ。私は絵の具をいっぺんに箱に投げ入れ、無理《む り》矢理《や り》蓋を閉じて、振ってなじませる。筆はまとめてクリーナーに突っ込み、かちゃかちゃやって終わり。

さて、ヒナタを手伝うとするかな。振り返ると、人だかりができていた。

「どうヒナタ、進み具合は」

三年生の先輩たちが、絵を覗《のぞ》き込《こ》んでいた。一人はヒナタの肩に手を置いている。

「が、頑張ってます。けどなかなか進まなくて」

「うーん。ヒナタはもう少し構図を考えた方がいいかもね」

「パンのふっくらした感じが、どうしても出せないんですよ」

「背景も描いてみたら？　何か硬い物を描くと、比較で表現できるよ。でも前より
ずっとよくなってる、その調子」

「やった！　嬉《うれ》しいです」

ヒナタは先輩と目を合わせて、にっこりする。

「さて、ツキコの方は……ちょっと、何なのこれ。落書き？」

部長が眼鏡の位置を直し、眉間に皺《しわ》を寄せる。私は苦笑い。

「昨日見た夢を描いてみました」

「相変わらずね。まさかこれ、文化祭で展示するつもり？」

「ダメですかね。抽象画ということで」

「ダメだと思うけど……あなたに言っても聞かないしなあ。ま、時間はまだあるから、
やるだけやってみて」

「はい」

事実上の無罪放免。私は小さくガッツポーズを取った。

部長は私の下から去ると、隣にできている輪に加わった。先輩たちが好き勝手に口にするアドバイスを、ヒナタは必死にメモに書き留めている。

やや粘着質な絡み方をする先輩が、モチーフのパンを食べるふりをした。慌ててヒナタが奪い返し、自分でかじる。笑いが起きた。私は淡々とイーゼルを片づけつつ、適当なところで声をかける。

「帰ろっか、ヒナタ」

ヒナタはほっとしたような目で私を見て、頷いた。

「うん。ツキちゃん」

おっとりした性格の彼女は、可愛《かわい》がられてもいるが、一方でいじられてもいる。

時々こうして助けてやらないと切りがない。

私とヒナタは、夕陽《ゆうひ》に当てられて長い影を残しながら道を歩く。背が高くてロングヘアの影が私、背が低くてショートボブの影がヒナタ。私は気持ちゆっくりめに、ヒナタは早足で、互いに相手の歩幅に合わせて駅に向かう。

「ねえツキちゃん、もうすぐ文化祭だなんて信じられる？　夏休みの間は、まだまだ先だと思ってたのに」

「そうねえ。文化祭が終わったらあっという間に今年が終わって、三年生」

「そうしたら、卒業かあ」

ちょっと寂しそうに俯《うつむ》くヒナタ。

「今度こそツキちゃんとも離ればなれだね」

ヒナタと私は小学校からずっと一緒だった。どのアルバムを開いても、二人で写っている写真が必ずある。

「そうと決まったわけじゃないでしょう。お互いの進路にもよるんだから」

「無理だよ。私の頭じゃ、絶対同じ大学行けないもん」

「そんなことないって」

「ツキちゃん」

ヒナタは私の前に回り込むと、両手をぎゅっと握った。そして上目遣いで、おずおずと言葉を絞り出す。

「ね、別々の道に進むことになっても、私のこと忘れないでくれる？　たまには会って、遊んでくれる？」

銀杏《いちょう》並木がはらはらと黄色い扇を散らしている。向かい合って何やら深刻な雰囲気の私たちを、後ろから自転車に乗ったおっさんが追い越していく。

「何さ、改まって。もちろんだよ。こちらこそお願いね」

私の答えに、ヒナタは安心したように「約束だよ」と笑う。

それからもう一度、私たちは肩を並べて帰路についた。


別に進学するって決めたわけじゃないんだけどな。

私はアラームをセットして枕元に置くと、溜《た》め息《いき》をついた。明日の支度を終えて、ベッドに入る。こうして一日一日が過ぎていく。授業を聞いて、無難にテストをこなして、部活でだらだらヒナタと過ごして、帰ったらご飯食べてお母さんとお喋《しゃべ》りしてお風呂に入って、部屋で眠る。

何事も変わらないようで、何かが変わっていく。進路を決めさせられて、決めたら受験勉強をして、そしてその先はどうなるんだろう。

お父さんのように、会社に就職するのか。お母さんのように、結婚して家庭を作るのか。そんなことが自分の身に起きるなんて想像がつかない。大人になるってどういうことなのか、わからない。

わからないから、今日も私は電気を消し、頭から布団をかぶる。真っ暗な闇。眠ってしまえば、また明日が始まってくれる。そう、とりあえず今日は保留にして、明日の私に任せよう。

そうだ。

またあの夢の世界に行こう。

私は目を閉じる。それから自分の輪郭が溶け、気化していく様を思い浮かべる。暗闇がいつしか白い光に変わり、何かが裏返るような感覚があって、そして世界が反転する。

どうどうと遠くで滝の音が聞こえ始めた。

ああ。

まばゆさにしばらく瞬《まばた》きする。むせかえるほどの木々の芳香。湿度の高い空気。私は明るい森の中、うずたかく積もった木の葉に包まれて寝ていた。すぐそばに幾条もの小さな滝が注いでいる。台所の蛇口から出る水流よりもさらに細いそれに、そっと触れた。温かい。

見上げれば雲と同じ高さに枝が伸びている。粗い網の目のように見えるが、実際はとても太いのだろう。遙《はる》か天上の太陽によって温められた水は、枝と葉によって一度受け止められ、隙間から零《こぼ》れるとこうして落ちてくる。顔を洗うと心地よい香気が感じられた。

湿った地面を踏み、きのこを避《よ》けてゆるい坂道を上る。時折風が吹き抜け、さわさわと新緑の葉を揺らしていった。

ほんの数分で、森は開けた。

どこまでも青空と草原が広がっている。所々群れを成して名も知らぬ花が咲き、穏やかな風に乗せて花びらを散らしている。白、黄、ピンク、オレンジ、ヴァイオレット。私は小高い丘を見つけ、花吹雪に背を押されながら駆け上がる。足の裏に腐葉土がキスをし、膝丈ほどの草がすねをくすぐった。

そして見た。

空と地、半分ずつに分かれた世界、二つが合わさる先を。

世界樹。

どれだけ遠いのか見当もつかない、地平線の彼方《かなた》に霞《かす》みながら、そびえ立っている。山と見まがうほどの太さ、高さ。無数の植物が絡まり合い、繋《つな》がり合って、巨大な一本の塔になって天に伸びている。天辺《てっぺん》がどこなのかはわからない。枝が雲にかかり、天を覆い尽くしていることを考えると、真空の宇宙まで伸びて、月を突き刺していると言われても驚かない。

この世界の中心は樹《き》なのだ。

急にあたりが暗くなる。見上げると、巨大な飛行船のようなものが空を圧して通り過ぎていく。私はあれを「鯨」と呼んでいる。形がそっくりだから。ただ、よく見ると群体であることがわかる。たとえば目のあたりには向日葵《ひまわり》が何万と咲き乱れているし、胸びれは海老《えび》に似た甲殻類の集合体だ。背中側にはぬめりを帯びた青緑の貝殻がびっしりと張り付き、腹側には鮫《さめ》がいっぱいくっついている。よく目をこらすと、鮫に結んだ縄を摑《つか》んでいる猿や、その肩をちょろちょろ走り回るリスが見えたりもする。尾びれは薄ピンク色の羽毛に覆われ、時折カブトムシの角に似た突起が出たり引っ込んだりしている。

鯨はその巨体に似合わず、鈴虫が鳴くような繊細な声を上げてゆっくりと飛んでいく。垂れ下がった蔓《つる》が揺れ、雪に似た虹色の粒子が振りまかれる。

向かう先は世界樹だ。

鯨はもちろん、この世界の全ての生物は、世界樹を目指しているようだ。木々はみな、ほんの少し世界樹の方に傾いている。根も枝も、世界樹に向かって伸びる。草原も同様で、必ず世界樹の方に吹く風に乗せて、草花は種や胞子、そして花びらを飛ばす。朽ちる時も、そちらを向いて倒れる。一途《いちず》に切望するさまといったら、いじらしくなるほどだ。

私は足元のアザミに話しかけた。

「君も、あいつみたいに飛んで行けたら楽だろうにね」

鯨は何週間かかけて世界樹に辿《たど》り着《つ》くと、またゆっくりと戻ってくる。どこへ行くのかは知らないが、世界樹を中心に巡回を続けているようだ。

もう鯨は私の上空を通り過ぎ、遙か遠くを飛んでいた。四本の虹が、旅路を示すように入り乱れてアーチを描いている。世界樹に着く頃には、目を凝らして何とか認識できる程度の、微細な点に成り果てるだろう。

夢を続けて見るようになったのは、この女子校に入って最初の秋だ。運動会を控えて、クラス一丸となって優勝を目指そう、などと委員長が五月蠅《うるさ》かった頃。練習をサボってふて寝していた保健室で鯨を見て、また見たいと思っていたらすぐ翌日も見た。もっと前からここに来ていたのかもしれない。高校に入学してすぐ、自分にはアートの才能があると息巻き、画材を買いそろえて入った美術部で、すっかり絵に飽きた頃にも見た覚えがある。見たいと思って見られない日もあれば、何も考えていないのに見る日もあった。

まあ、現実に疲れてる時に見るんだよね。それもそうか。リラックスできるもんな、ここ。

私はタンポポの綿毛をつみながら歩いていく。幅の狭い小川をまたぎ、天から注ぐ滝を回り込んで、いつもの場所へと向かう。道すがら、真ん中が割れたナスみたいな物体が垂れ下がっていた。甘酸っぱい香りがする。たぶんアケビだ。少し考え、二つもいで小脇に抱える。

ここのところ毎日この夢を見ている。

寝る時にちょっと念ずるだけで、簡単に来られるようになってしまった。初めは朧《おぼろ》だった夢の中での記憶も、今ではいっきり覚えていられる。まるで二つの世界で生きているみたい。それが面白くて、繰り返し楽しんでいる。

さ、着いた。

「ただいま」と呟《つぶや》いて玄関の敷居をまたいだ。丘の陰にひっそりと建つ石造りの家は、この世界で数少ない人工物の一つだ。勝手に私の家にしている。

家と言っても、ほとんど廃墟《はいきょ》だ。しいて言えば四角いかな、という石を、乱雑に積み上げて作られた壁。藁葺《わらぶ》きの屋根はあちこち穴が空いている。室内にススキが我が物顔で生え、天井からは蔓が垂れ下がっている。そして床には冷たく透き通った水が溜《た》まっている始末だ。

水の中に足を突っ込み、ぴちゃぴちゃ動かしたり、底の砂を巻き上げたりして遊ぶ。やがて飽きて、ぼうっと一人で佇《たたず》んだ。誰もいないというのはちょっと寂しい。ヒナタを連れてこられたらいいのにな。めちゃくちゃ喜んでくれそう。

アケビを摑むと、家の裏口から出て、緩やかな下り坂を進んでいく。

ヒナタはいつだって私についてくるのだ。本人は調理部に興味があったくせに、私が美術部に入ると言ったらついてきた。ヒナタを巻き込んでしまった手前、私は美術部をやめられずにいる。運動会の練習をサボる時も、ヒナタは迷った末に私と一緒にサボった。しかし居眠りしている私の横で、みんなの分の鉢巻きを縫ってクラスに貢献するという、中途半端なサボり方だった。

「ツキちゃんについていくと、楽しいから」

理由を問うと、いつだってヒナタはそう答える。ランドセルを背負っていた頃からずっと変わらない。時々うっとうしいが、悪い気はしなかった。

だんだん背の高い木が増えてくる。葉の色が濃く、足元は薄暗い。行く手に澱《よど》んだ沼が見えてきた。以前は天からの滝が数条流れていて、それは綺麗《きれい》な虹色の池ができていた。しかし世界樹の生長に伴い、滝の位置が変わると共に川は途切れ、取り残された水が乾くのを待つばかり。

さすがのヒナタでも、ここまでついては来られないだろう。私だって、他人の夢に入る方法なんてわからない。

ごめんね、ヒナタ。仲間外れにするつもりはないんだけど。

学校のグラウンドほどの大きさの沼に辿り着いた。もっとも、水が残っているのは中央の僅かな部分だけで、残りは同心円状に土の色が変化している、沼の跡に過ぎない。あたりを見回した。「竜」の姿はない。いつもこのへんをうろついているのにな。もしかしたら、あっちかな。沼の隣に佇む廃墟に向かって手を振った。大きさはちょうど学校の校舎ほど、四階建てのところまでそっくりである。建材はやはり粗削りな石だったが。

もぞ、と三階で何かが蠢《うごめ》いた。

竜は教室四つ分と廊下を足しただけの空間に、みっちりとその身を詰めていた。何やってんの、箱に入りたがる猫じゃあるまいし。竜の顔面のほとんどを占める、一輪の巨大なオレンジポピーがふわりと揺れる。一つ目小僧に似たその形。見られている。たぶん。

ベッ。

竜は体を震わせつつ、三階の外壁を一部ぶち破りながら外に出てきた。瓦礫《がれき》が雨あられと沼に落ちる。

ベッ。ベッ。

時折、低音の弦楽器のような鳴き声を上げつつ、ナメクジみたいにぐにょぐにょ体をねじ曲げ、蛇のごとく壁を伝い、私の前に降りてくる。緩慢な動きであったが、私は辛抱強く待った。

やがて竜は私の前に立ち、こちらを見下ろした。太陽の光が遮られる。

こいつは、鯨を除けばこのあたりにいる唯一の動物だと思う。シルエットは図鑑で見たティラノサウルスだが、やはり群体だ。一際目立つ巨大なオレンジポピーを始めとして、体中にアザレア、アマリリス、アジサイ、ナデシコ、クロッカス、パンジー、サイネリアといった無数の花が咲き乱れている。さながら花束のようだが、こめかみからはクワガタムシそっくりの残忍な形状の角が生え、背中ではクジャクに似た飾り羽を雄々しく広げ、揺れるたびに光を煌《きら》めかせている。体表は、銀色の毛に覆われている。一見、口や目らしきものはない。犬に似た毛むくじゃらの耳が数十、ずらりと首元に並び、象の鼻が手の代わりに両側にぶら下がっているけれど。胸にはミツアリの腹とおぼしき黄色く透明な球体が左右対称に連なり、巨大な金色のモンゴウイカが腹に三匹巻き付き、触手を結び合っている。尾は成長中のトカゲのように虹色で、うっすら湿っているが触れてはいけない。鋭い棘が並んでいる。

「アケビ、食べる?」

私は果物を地面にそっと置いた。

鳴き声が低音から高音に少しずつ変わる。バイオリンのようだ。音は揺らめきながら途切れなく続く。

「そもそも君って、何食べて生きてるの?」

竜はいつもこのあたりでのそのそしている。時折、世界樹の方を愛《いと》おしそうに眺めたりはするのだが、まだ時ではないと言わんばかりにそっぽを向く。よくわからないが、呑気《のんき》なやつだ。

音がさらに高くなった。もはや楽器とは言いがたい。途切れ途切れの、電子的な警告音に思える。

オレンジ色のポピーが身震いした。カメラのシャッターが開くように中央が割れる。奥でぬらりとした赤いひだが何層にも分かれ、蠢いているのが見えた。ひだには細長くとがった牙がびっしりと円状に生え、ひとたびくわえ込んだものは胃に送るまで決して放さないだろう。

アケビには目もくれず、竜は私に向かって大口を開け、少しずつ迫ってきた。

何度見てもこの光景にはぞっとする。初めは本当に食われると思った。

乗用車でもすっぽり飲み込めそうなその口は、完全に私を射程距離に捉えながらも停止する。電子音がめまぐるしく切り替わる。葛藤しているのだろう。

竜はいつも私を食いたがるのだが、結局食わないのだ。一度など私を完全に口の中に入れておきながら、飲み込まず、しばらく経《た》ってから口を開いて外に押し出した。今回も必死に食おうと試みていたが、やがて悲しげに項垂《うなだ》れ、諦めて口を閉じた。

「ほんとに変な奴《やつ》だね、君は」

私は苦笑し、そっと竜の顔面を撫《な》でた。ポピーの花びらの、ごわごわとした触感。

「ヒナタが見たら驚くんだろうなあ。いや、怖がって逃げちゃうかな」

ふと、何か小さいものが竜の牙の間に挟まっているのが見えた。それはするりと外れ、地面に落ちた。こん、と微《かす》かな金属音。私は凍り付く。それが思いがけず見覚えのあるものだったから。

ヒナタがいつもつけている、メタリックピンクのヘアクリップ。

「どうして、それ」

私は竜を見上げた。

「まさか……」

竜は機敏に動いた。しまった、といった様子だった。恐ろしい速さで口を広げ、地面に顔を押しつけるや否や猛然と咀嚼《そしゃく》する。振動が足に伝わってくるほどの剛力。泥にまみれたオレンジポピーが再び顔を上げ、愛想よくめしべを揺らしてみせた時には、大地もろともヘアクリップは消え失《う》せ、ただ大穴が空いていた。

私は逃げ帰った。

住処《すみか》にしている廃墟にではなく、現実世界へと。

布団を蹴って起き上がると、部屋に朝陽が差し込み、小鳥が鳴いていた。かちゃかちゃとお母さんが食器を並べる音がして、お味噌汁《みそしる》の香りが漂ってきた。

駅でいつものように「おはよー、ツキちゃん」と笑うヒナタの顔を見て、私はようやくほっとした。相変わらずあのヘアクリップをおでこの脇につけて、呑気ににこにこ笑っている。

一緒に電車を待つ間、私はそっと聞いた。

「あのさ、ヒナタ。変な質問かもしれないんだけど」

「ん、何」

「夢の中で、竜に食べられたことってある？」

私の顔をじっと見て、ヒナタはぽかんと口を開ける。

「いや。竜っていうのは私が勝手につけた名前でね。何というかな、オレンジ色のポピーが顔にくっついた、でっかいごちゃごちゃした化け物なんだけど」

しばらく瞬きしていたが、やがてヒナタは一生懸命考え始めた。腕を組み、額に手を当ててうんうんと唸《うな》る。ホームに電車がやってきた時、ようやく口を開いた。

「……そういう夢は、なかったと思う。あったらツキちゃんに言ってそうだし」

「そっか」

頷いてから、恥ずかしくなる。何で夢の話を大真面目に聞いてるんだろう、私は。

「そりゃ、そうだよねえ」

納得顔の私に、ヒナタが首を傾《かし》げた。

「どうしてそんなこと聞くの？」

「いや……ちょっと変な夢を見ただけ。ごめん、忘れて」

ヒナタがくすっと笑う。

「いいな、ツキちゃんは」

「え?」

「そういう不思議な夢が見られて。私が昨日見た夢なんて、忘れ物の夢だよ。部活に出たのに、肝心の道具を家に置き忘れてきて、どうしようどうしようって。慌ててみんなに借りるんだけど、そうしてる間に時間が終わっちゃう」

現実的で、ヒナタらしいなあ。

オレンジ色の帯の電車からは、扉が開くなりどっと人が溢《あふ》れてきた。階段に向かう人波が落ち着くのを待つ。

「ツキちゃんみたいになれたら、楽しいだろうな」

眉を八の字にして俯くヒナタ。

そう言われてもね。

「ねえ、いつまでそれ使うの」

私は話題を変えようと、ヒナタのヘアクリップを指さした。

「小学六年くらいからずっとじゃない」

「五年からだよ」

「あー……物持ちよすぎ。ヘアクリップなんて消耗品でしょう」

「でも洗って磨くと、またピカピカに戻るんだよ。そのたびに、ツキちゃんがこれをくれたことを思い出して、捨てられないんだ」

ヘアクリップに手を当てて、ヒナタがにっこり笑う。

変なの。

そう言おうとした時、ホームに並んだ乗客たちが電車の中に突進し始めた。慌てて私たちも乗り込む。満員電車の中で私とヒナタは離ればなれになり、しばらく無言で耐えるしかなかった。


そんなに大事にされてもなあ。

その辺の店で何気なく買った、安物のヘアクリップに過ぎない。自分では使わなそうな色だったのであげたのだが、えらく感動されたのを覚えている。

私たちの小学校では、ファンシーな柄入りの髪留めが流行《はや》っていた。クラスのまとめ役でもあった、とびきりお洒落《しゃれ》な女の子がつけていたのが発端で、彼女の取り巻きがみんな同じメーカーで揃《そろ》え始めたのだ。

休み時間のたびに女子がその子の所に集まり、あなたは花柄が似合うと思う、あなたは星がいいんじゃない、などとアドバイスまで受けていた。特に気に入られると、その子からじきじきにプレゼントして貰《もら》えるなんてこともあった、らしい。

らしいというのは、私が全く興味なかったからで。

「ツキちゃん、どうしたのそれ」

ランドセルを背負ったヒナタに言われても、何のことやらわからなかった。

「ただのヘアクリップだけど」

「サガちゃんに貰ったわけじゃ、ないんだよね」

「佐川《さがわ》さん？　ううん、自分で買った。いいでしょ、メタリック。最近好きなんだ。ヒナタも使う？」

ヒナタは唖然《あぜん》としていた。自分の好きなものを、好きなように使っている様に衝撃を受けたそうだ。私からすれば、どうしてヘアクリップごときで女番長の許可が必要なのかがわからないけど。それ以来、私は彼女の憧れの視線を受け続けることになったのだ。高校生になった今でも。

物思いにふけっていると「ツキコさん、ツキコさん」と声をかけられた。顔を上げると、先生が困ったような顔をしている。

「何か思いついた？　将来、目指したい方向性」

「いえ……すみません」

別のこと考えてました。

「あまり難しく捉えなくていいのよ」

放課後、私は進路指導室で先生と向き合っていた。眼鏡をかけた白髪のお婆《ばあ》ちゃん先生は優しかったけれど、いかんせん彼女の望むような答えがどうしても出せない。

「たとえば好きなものとかね。仮に音楽が好きなら、そこから広げていくの。作る人なら音楽家かもしれないし、音楽を世に広めるレコード会社かもしれないし。音楽の楽しさを伝える先生とか。何でもいいのよ」

私は頷きつつ、頭をかく。

「ようは、どんな形で社会に加わって、生きていくかだから」

それだ。それが私にはピンとこない。

「社会って、加わらなくちゃいけないんでしょうか」

先生は口をつぐむ。眼鏡が夕陽を反射して二、三度きらめいた。

「いえ、その……わからないんです。会社に入るとか、働くとか。そういうの、別に私は目指したくないといいますか」

「うーん。前提として、すでにツキコさんは社会の一員なのよね。今はまだ無自覚でもいいけど、卒業したら社会に貢献する側になってもらわないと困るの。人間はみんなで助け合う、そういう生き物だから」

「でも、集団行動って苦手なんです」

「どうして？」

「一人の時ほど自由じゃない……から」

先生は苦笑した。

「そりゃあ多少はね。だから自分はどういうことなら我慢できるか、考えるの。朝起きるのが苦手なら、フレックス制の会社の方がいいとか。人の下につくのが嫌なら自営業とか……大丈夫、あなたに向いた、やり甲斐《がい》のある場所が必ずどこかにあるはずだから」

そう言われても。そもそも我慢したくないんだけど。

「人間は一人では生きていけないのよ。食事だって、住居だって、他の誰かの助けがあって成立している、そうでしょう」

柔和な笑みを浮かべる先生の言葉は、どこまでも正しかった。少しも反論の余地はなくて、私は「はい。そうですけれど」と頷くしかない。

「今日はここまでにしましょう」

先生は書類を揃え、ファイルケースに入れた。

「家に帰って、考えてみて。次の面談は……そうね、来週にしましょうか。進学するならそろそろ志望校も決めないとねえ、時間がないわよ」

「他のみんなはもう、進路は決まったんですか」

私は大した意味もなく聞いてみた。立ち上がった先生は、つぶらな目を瞬きさせて答える。

「少なくとも、進路調査票が未だに白紙なのはあなただけね」

そうなのか。ということは、ヒナタですらも決めたというわけだ。彼女は将来、何になるのだろう。

私は机に広げたままの紙きれ一枚をぼうっと眺める。

――卒業後の進路希望を、なるべく具体的に記入しましょう。

わざわざ第五志望まで欄を設けた上に備考欄まであるこの紙に、私は未だ氏名以外の情報を書き込んでいない。一文字書くたび、自分が縛られていくような感じがするからだ。ヘアクリップだろうと何だろうと、私は自由でいたい。ただ自分が自由でいたいだけなのに。

家に帰ったって、答えなんか出るわけがない。お母さんと鍋をつついても、ぬるいお風呂にたっぷり浸《つ》かっても、だらだらスマホをいじって漫然と時を過ごしても、進路調査票は机の上で白紙のまま。

先生の言葉は、諦めろ、と言っているのと同じだ。

諦めて、大人しく社会の一員になりなさい。

「ただいまー」

下の階で扉が開いた。疲れた声。ぎりぎり日付が変わる前にお父さんが帰ってきた。私は気づかなかったように装って電気を消し、ベッドに潜り込む。

いつもなら「お帰りなさい」くらい言いに行くのだけれど、今日は見たくなかった。スーツがよれよれになるまで働き、お弁当箱をきちんと洗って持ち帰り、苦手なお酒を顔が真っ赤になるまで飲んで帰ってくるお父さんを。

「あらら。今日は接待だったの？」

「いや、上司がね。急に転勤になってさ、送別会」

階下からの声を聞きながら、私は考える。

お父さんも、お母さんも、進路を定めて社会の一員になった。就職して結婚して、我慢や妥協がたくさんあっただろう。改めて尊敬する一方で、何だか辛《つら》かった。そこまでしてもうけた一人娘が、社会に出たくないと言っている。

大人にならなきゃいけない。わかっているけれど。

もう少しだけ見ない振りをしていたい。

私は目を閉じる。祈るようにあの草原を思い浮かべる。どこまでも続く青空と、草原と、そして鯨が飛ぶ幻想世界を。

そして、世界を反転させる。

ばさばさ、とまるでトラックからゴミ処理場に放り込まれるみたいに、葉っぱが目の前に散らばった。ややあって、水がどうどうと落ちてくる。飛沫《しぶき》が舞い、霧状に広がって小さな虹が出る。滝が生まれる瞬間に居合わせたらしい。私は屈《かが》み込《こ》むと、濡《ぬ》れた落ち葉を一枚つまんだ。それから天を仰ぐ。

あんなに大きな世界樹なのに、葉の大きさはその辺の木と変わらない。丸、三角、四角、あるいは紅葉のようだったり、銀杏のようであったり、様々な形の葉があった。時には折り重なって光を遮り、時にはこうして散る。

はあ、気持ちいい。思い切り伸びをして深呼吸する。このスケール感、たまらない。今、目の前でけたたましく流れ落ちている水流も、世界樹からすれば夜露を一滴、払ったようなものだろうか。

私は今日も、いつもと同じ場所で目覚めたようだ。近くの大木で、鯨が一頭若葉に埋もれて休息していた。

廃墟に向かって歩きながら、ぼんやり考える。

あの鯨はどんな風に生まれ、どうやって生きていくのだろう。食事はするのだろうか。竜はどうだろう。この世界の時間の流れはどうなっているのか。いつも太陽が出ていて明るいけれど、夜は来るのだろうか。月は出るのだろうか。この世界で怪我《けが》をしたら、私も死んだりするんだろうか。どこまでつじつまが合っていて、どこまで説明がつくのか。

色々なことが気になって仕方ない。竜の口からこぼれ落ちたヘアクリップをきっかけに、夢に妙な現実味が出てきた。何だか変な感じがする。夢と現実が交ざり合い、逆転していくような。

そんなふわふわとした気分でいたからだろうか。

廃墟に足を踏み入れ、そこに人影を見つけて、私は思わず現実でするように話しかけてしまった。

「あなた……誰ですか」

男がいた。崩れかけた壁のそばでこちらに背を向け、垂れ下がった昼顔の花をそっと撫でている。

黒い襟付きのシャツに灰色のズボン。靴は白いスニーカー。肌は白く、黒い短髪の中に多少の白髪が交じっている。影まで含めて一揃いのモノトーンコーデみたいなその姿は、草原と青空に囲まれたこの世界で強烈に浮いて見える。背は私より高く、痩せていた。

「あの……どこから来たんですか。一応、ここは私の家ですけど」

なぜか、夢の中の登場人物だという考えが浮かばなかった。男は明らかに異物で、外から来たという確信があった。

男は微かに首を傾げ、鷹揚《おうよう》な動きでこちらを振り向いた。二十代後半くらいだろうか。しかしどこか少年のような若々しさがある。鳶色《とびいろ》の瞳の、異様な輝きのためかもしれない。私を確かに視界に捉え、ちょっと驚いたように口を開くと……。

そのまま、知らんぷりをした。

「ちょっと、無視しないでくださいよ」

私は男に詰め寄った。目の前まで近づいても、必死に目をそらそうとするばかり。額に汗を浮かべながらも、頑《かたく》なに応答しようとしない。初めは丁寧に語りかけていた私も、だんだん興奮してくる。

「見えてないはずないでしょう。バレてるぞ、おい」

胸ぐらを掴み上げて何度も揺さぶって、ようやく男は声を発した。

「うざい」

「何ですって」

力を緩めたところで、手を振り払われる。服についた埃《ほこり》を払いながら、男は口を開くのも面倒くさそうに言った。

「どっから出てきたんだ、君。ここに人はいないと思っていたのに。自己紹介もなしに、さも当然のような顔をしやがって。おまけに対等に日本語を話すときた。僕はそういうのが、一番嫌いなんだよ」

啞然とする。全部、こっちの台詞《せりふ》だ。
「人の夢に、勝手に入ってきたのは、そっちでしょうが」
男は急に真顔になって頷くと、下等生物でも見るような目を向けてきた。
「確かに、それはそうだな。ふん、三分の理あり、というところか。それについては
申し訳ないと言っておこう」
ため息をつきながら両手を挙げてみせる。不遜ここに極まれりという態度だったが、
一応謝っているつもりらしい。
「悪気はないから見逃すように。ここだってただの廃屋だと思ってた、いやそう思う
のが当然だ。僕は単なる旅人に過ぎない。君に関わったり、ましてやこれ以上会話し
たりするつもりは……」
「旅人？　ここに、旅の途中で立ち寄ったってことですか、外から？」
聞きながら、私は彼の右手を見つめていた。小さな違和感に過ぎないのに、なぜか
彼全体の雰囲気を禍々《まがまが》しく感じさせる特徴が、そこにあった。男はあからさまに舌打
ちをして吐き捨てた。
「そういう表現の範疇《はんちゅう》に入るだろう」
「じゃあ、教えてください」
私は一歩前に出る。

「この世界は、一体何なの。ただの夢じゃ……ないの？」

男は眉間に皺を寄せ、顎に右手を当てる。その小指は第二関節あたりから、ぐいと外側に向かって曲がっていた。骨が折れているのではと思うほどに。

「だから、うざい」

後ずさりしようとする彼の右手を取った。逃がさない。

「さっきも言いましたけど、不法に入ってきたのはそっちなんですよね。それくらい説明するのが誠意じゃありませんか」

「法だとか誠意だとか。その程度の脆弱《ぜいじゃく》な根拠を、さも絶対の自然法則のごとく振りかざす俗物が、この世で最も醜悪だ」

ぶつぶつと呟きながらも、彼は諦めたように首を振った。

「一つ、はっきりさせておきたい。普段、僕はそんなことをわざわざ教えたりはしない。だいたい僕だって、完璧にわかってはいないんだ。いいか、僕は親切な人間なんかじゃない、そこははっきり認識してもらおう。これから話すのは、あくまで謝罪の一環。説明は僕個人が集めた情報による、推測の集合体だ。間違いがあろうとも、どんな迷惑を被ろうとも、苦情は一切受け付けない。信じるも信じないも君の責任だ。そういう位置づけで、いいね」

なんだかんだで教えてくれるらしい。口ぶりほど怖い人ではないのかもしれない。

「それで構いません」

男は「よし」と一呼吸置いた。

「ここは、そうだな。世界の裏側、『裏世界』とでも言おうか……」

ああ。自分で聞いたくせに、嫌な予感がする。謎が解けてしまう、甘美な夢が終わってしまう。知らなければ良かったことを知ってしまう。男が話し始めるまでの僅かな間も、木々の吐いた息をふんだんに含む風が柔らかく吹き抜け、どこかを遊弋《ゆうよく》する鯨の声が聞こえてきた。

そして私は説明を聞いた。


ベッドの上で目覚めた時、私はしばらく自室の天井をぼうっと見つめていた。全身にぐっしょり汗をかいている。パジャマが体にくっついて、気持ちが悪い。

起き上がり、無造作にパジャマを脱ぎ捨てて下着だけになる。それから外の目も構わずに私はカーテンをかきわけ、窓を開いた。土臭い空気が流れ込んできて、私の体を撫でた。まばゆい陽差しに顔をしかめる。

街はもう、目覚めて動き出していた。

バスが乗客をいっぱいに乗せて走っている。植木鉢に水をやっているお婆さんがいて、ジョギングしているお兄さんがいて、近くの中学校からは朝練の声が聞こえてくる。綺麗に舗装された道、等間隔の街路樹、整然と朝の行動を続ける住人たち。

いつもと同じ光景。しかし私は、見入っていた。

初めて夢の世界に行った時と同じだった。新鮮で、もの珍しく思えて、そして少しだけ不気味だった。

「ツキコー。総武線、遅れてるって。急いだ方がいいんじゃない」

吹き抜けを通して一階からお母さんの声が聞こえてくる。お父さんが見ているニュースの音声がする。机の上には、昨日から置きっぱなしの進路調査票。何もかもがちょっとずつ、夢の世界に取り込まれたかのようだった。

私は掌《てのひら》を広げて眺めた。慣れ親しんだ右手と左手、握っては開いて。指の形を確かめて、彼の話を思い出す。


「ちなみに、ちょっと聞きたいんだが。人間の欠陥を一つ、挙げてみてくれないか？」

彼の説明はそんな質問から始まった。立ち話も何だからということで私たちは廃墟の階段を上り、バルコニーに出て、それぞれ手頃な石に腰掛けていた。

「難しい質問ですね」

「難しい？　そんなことないだろう。じゃあ何だ、君は自分が完璧な存在だとでも思っているのか。違う？　違うなら、すぐに問題点を挙げたまえ」

「急《せ》かさないでくださいよ。そうですね、一緒にいるとしんどい時もあるのに、一緒にいないと生きられないところ、かなあ……」

それなりに考えて出した答えだったが、彼は鼻で笑った。

「そんな第二次性徴期臭いポエムを持ち出す必要がどこにある？　もっと明確で、克明なものがあるじゃないか。ほら、目の前に、問題の箇所が。よく見ろ、網膜に霞《かすみ》でもかかっているのか？」

相手は左手を開き、私の顔面に突き出してくる。一体何だと言うんだ。

「わからないかな。指だよ。指」

しばらく考え込んだが意味がわからない。私は聞いた。

「どういうことですか」

「だから、掌の形が左右非対称じゃないか！」

彼は大きくため息をつき、あさっての方向に左手を突き出してみせた。

「まあいい、落ち込む必要はない。君もその他多くの人間と同じく、こんなに単純な事実にも気づかない粗忽者《そこつもの》というだけの話だ。あらゆることを、疑問も持たず受け入れられる人間にありがちなことだ。幸い僕はそうじゃなかった。一つ一つ、丹念に思考を巡らせてきた。よし、幼児に左右の違いを説明するがごとく教えてあげよう。いいかい、よく見てご覧。人差し指から小指までは、ほぼ真っ直ぐ上を向いて並んでいるね。しかし驚いたことに親指だけが、横、いや斜め上と言うべきかな、勝手な方向に飛び出しているんだ。改めて考えると、これは実に不自然なことだ。宇宙の美学に反している」

この人、結構変な人かもしれない。今度は私が後ずさる。

「じゃあ、親指も真っ直ぐ上を向いていたらいい、と思うだろう？　浅はかな発想だ、それじゃ長さが不揃いすぎる！　親指は短いんだ！　君は重要な事実を見落としているんだよ。そう、親指と同じくらい短い、小指という指があるんだ。つまりこういうことだったんだ」

男は人差し指、中指、薬指の三本を真っ直ぐに揃え、小指だけを離した。それでも飽き足らず、小指の先を右手で握り、ぐいと外側に無理矢理曲げてみせた。私は顔をしかめたが、折れるような音は聞こえない。彼の小指は、中指を中心軸として、ちょうど親指と左右対称になる。その状態で、手を握ったり閉じたりしている。

「親指と同じくらい、小指は外側に突き出ているべきなんだ。ああ、この安定感と言ったら。ようやく掌でものを摑むという行為が、自然にできるようになるじゃないか。僕に言わせればどんな美しい彫刻も、小指が外側に曲がっていない時点で、欠陥品さ」

「そう……ですかね」

だんだん相手をするのが馬鹿らしくなってきたところで、彼が切り出した。

「まあ最後まで聞きたまえ、これは説明をする上で必要なんだ。僕は物心がついた時から、小指はもう少し外側に曲がっているべきだと思っていた。誰が何と言おうとも。君たちが同意しないのは、その目が節穴で、不自然さに気づいていないだけだ」

「でも、実際の小指は曲がっていません」

「その通り。僕の考えとは異なり、本来曲がっているべき小指は、曲がっていない。つまりどういうことかわかるね？」

彼は一呼吸おいて言った。

「人間の肉体の方が、間違っているわけだ」

「……ただの思い込みが激しい人じゃないですか」

「ただの思い込みじゃない。本気で思い込んでいるんだから真実なんだ、少なくとも僕にとってはね。いや、混乱を避けるために心の中の事実、『心実』とでも呼ぼうか」

どうやら本気のようだった。彼の鳶色をたたえた知的な瞳が、妖しく光る。

「僕は現実の小指を認めない。とはいえ小さい頃は、何ができるわけでもなかったが……指を曲げる癖がついた。こう、小指を、本来曲がらない方向に向けてひねるんだ」

彼は小指を握り、ぐいっと外側に曲げてみせる。

「痛くない範囲で力を込めるだけさ。それでも間違いを正しているようで気が紛れた。生きていて不安になるたびに、あるいは退屈な時に、僕は小指を曲げ続けた。何か前進しているような気がした。少しずつ、少しずつ。そのうち、変化が起きた。骨というのは、圧迫に応じた成長をするものらしくてね。何年も続けるうちに本当に指が曲がり始めたんだよ。そして高校生の頃だった」

勝ち取ったトロフィーでも掲げるように、彼は右の掌を開いて挙げる。

「僕の理想の形どおりに、小指が曲がったんだ。忘れもしない、十七歳の誕生日の一日前、五月十日、午後五時十一分。窓の外は霧雨で、川を挟んだ向こうを電車が通って、ぼんやりとした赤い光が右から左に抜けていった時」

男の目はらんらんと輝いている。

「ついに僕は完成した」

彼が掲げた左右対称の掌が。親指と同じだけ曲がった小指が。親指と小指の横からそれぞれ覗く、鳶色の目が。異様な迫力を醸しだし、私に目をそらすことを許さない。

「その瞬間、扉が開いた。僕はすぐに理解したよ。この小指が、鍵だったんだとね」

私は息を呑む。

突然、風が吹いた。これまで感じたことのない強い風だった。体が浮き上がり、空中に放り投げられるほど。

あっと思った時にはもう遅かった。

足が離れ、私は空中でもがいていた。摑むもの、踏めるものは何一つない。木の葉のようにひっくり返り、また裏返され、くるくる回されて、私は空高く引っ張り上げられていく。

ああ、空気ってこんなに確かに形があるものだったんだ。

無数の見えない手と化した窒素が、酸素が、私を押す。押して押して、押して押して、頰《ほお》も腰も腹も胸も構わず、天へと猛烈な勢いで突き上げる。遙か眼下では、あの廃墟がばらばらに崩れていた。普段は世界樹を見つめている木々や、草や、花たちもみな、翻弄されている。風が鳴る。茎をねじ切られ、大地から引《ひ》き剝《は》がされた彼らが悲鳴を上げつつも、解放を祝って踊り狂っている。

あたりを見回せばきらきら光る砂が、千々に砕けた石が、色鮮やかな無数の花びらが、葉や枝やつぼみが、水滴が、私と共に青い空を飛んでいた。太陽がやけに眩《まぶ》しい。浮遊の快感に慣れ、ミニチュアみたいに小さくなった森や丘を見下ろした時、ふっと首元に寒気が走った。

落ちる。

その時誰かが私の腕を摑んだ。

自分の体重が、腕一本にずしりとかかり、歯を食いしばる。それから私は空を見上げた。

小指の彼が、そこにいた。

「捕まえたぞ」

額の汗を拭い、私の少し上でシャツをはためかせながら飛んでいる。

「人の話の最中に、急に風を吹かせて飛び上がるなんて、礼儀を知らないやつだ。いいか、僕は君に説明をすると決めたんだ。だから君は最後まで聞く義務がある。なんとしてもそうさせる」

空中で器用に身をひねり、私を胸元に引き寄せた。鼻と鼻が当たりそうな距離で言う。

「吹かせたって、私が、風を?」

「そうさ、わかるだろう。ここは君の心の中なんだ。動揺すれば風が吹き、度合いによっては嵐に変わる」

落ちながらも吹き上げられ、二つの力が釣り合って、私たちは空を漂っている。

「そんなことあるんですか」

「目の当たりにしても信じないとは恐れ入る。君は悲しい時、どこにも嵐が来ないと思っていたのか。胸の奥がちくりと痛む程度で済むと思っていたのか。違うよ。ここに現われるんだ。君の知らないところで雨も降れば風も吹き、雷が落ちる。土をえぐり木をなぎ倒し、数多《あまた》の命を破壊して心は吹き荒れる。悲しいとはそういうこと。恐ろしいことなんだ。ほら」

彼が指さす先では黒雲が大地を覆い始めていた。

「不安が続くと、どんどん荒れ模様になる」

「どうしたらいいんですか」

「安心することだな。僕と一緒にいれば危険はない、この小指があるから」

どう関係するのかわからないが、とにかく信じてよさそうだった。彼はこの状況でも全く落ち着いたもので、私を抱えてゆうゆうと滑空している。天から落ちる滝をかわし、白い雲の上を越え、世界樹を遠く望み見る。

「あなたは」

あえぐように息をしながら、必死の思いで声を絞りだす。

「あなたは、何なんですか。誰なんですか」

「ただの旅人だと言ったはずだが」

「そうじゃなくて。たとえば、その、名前……」

男は目を丸くして、きょとんとした。それからくすくすと笑う。

「そういえば名前なんてものもあったな。すっかり忘れてしまった。裏世界に入り浸りすぎたか」

高く。さらに高く。私たちは飛んでいく。青空が紫色に変わり始めた。宇宙との境目をゆく。広がる光景を見て、思わず涙ぐんだ。

雄々しい幹をあたり一面に広げる世界樹。その隙間を、鯨が何頭も群れを成して泳いでいる。一頭一頭が宙に浮かぶ水族館、あるいは動物園のようだ。オルゴールの鳴るような声で、互いにコミュニケーションを取っている。体からは虹色の粒子をばらまき、太陽の光を受けて鱗《うろこ》が銀色に輝く。頭上には星々が散らばり、中でも中心を貫く天の川はまるで私の全身にぶつかってくるような迫力だった。その中を、私たちは砂や石や花びらや葉っぱを伴って飛ぶ。私を吹き上げた竜巻はもうずいぶん小さくなってしまった。その向こうで稲妻が光り、黒雲がじょうろのように水滴をばらまいている。

「僕のことは、好きに呼べばいい。適当にあだ名でもつけたらどうだ。どうせ、この場限りの付き合いだ」

本当にどうでも良さそうに、彼が言った。私はぱっと思いついたものを口にする。

「小指《こゆび》さん」

彼はちらりと私を見た。だがすぐに、頷いた。

「わかりやすいな」

空から見たあの光景を思い出しているうちに、電車は駅に着いた。

「おはよう、ツキちゃん」

一人、改札口を出たところで、ヒナタに話しかけられた。

「えっ、まさか、待ってたの？」

「そういうわけじゃないけど。いつもの電車に乗ってなかったから。何本か待ったら、来るかなって。時間には余裕があったし、本でも読んでればすぐだし……」

つまり、待ってたわけだ。頰をかきながら長々と言い訳を述べるヒナタ。嬉しいけれども。私と一緒に学校までのたかだか十分ほどの道を歩くことに、そこまでの価値があるのだろうか。

——価値は人によって違う。

昨日の小指さんの言葉が思い出された。

そういうことなんだろう。

「聞いたよ。ヒナタ、進路決めたんだって？」

「え、あ、まあ……そうだよ」

「どうして私に教えてくれないのさ」

「だってちょっと恥ずかしくて」

こうして他愛もない会話をしながら歩く並木道。信号待ちの最中、排気ガスを噴き出す車に顔をしかめたり。とくに買う物もないのにコンビニに立ち寄って、新商品の感想を言い合ったり。そんな時間が、ヒナタにとっては大切なのだ。

「恥ずかしい進路って何さ。いいじゃん、教えてよ」

「ツキちゃんから見たら子供っぽいかなあって。笑わない？」

「笑わない、笑わない。約束する」

――誰かと一緒にいると、嘘《うそ》みたいに時間が速く流れたりする。別の誰かと一緒だと、たったの五分が信じられないくらいに長い。誰にでもあることだ。

小指さんはそう言っていた。全くもって同意である。

「……パン職人」

ヒナタが頬を赤らめて言う。

「え？」

「製菓学校に入って、パン職人になりたいんだ。私、パン好きだし。ふっくら膨らんだ姿を見てるだけで、幸せだから……楽しくできるかなって」

思わず笑ってしまった。

「ちょっとツキちゃん、笑わないって言ったのに」

「ごめん、ごめん。馬鹿にしたわけじゃないの。ただ、ヒナタが言うと可愛かっただけ」

「何それ」

——食べ物もそうだ。行列に並んでまでラーメンを食べたい人もいれば、見るだけで嫌という人もいる。古びた旅館に風情と趣を見出《みいだ》す人もいれば、ただボロくて汚いとしか思わない人もいる。こんな例はいくらだって挙げられる。おかしいじゃないか。時間も、ラーメンも、旅館も、それ自体は何ら変わらない。だけど見る人によって違う輝きを放つんだ。違う匂いがして、違う気配がして、違う体感を伴うんだ。つまりこういう推測が成り立つ。僕たちはそれぞれ、心の中に違う世界を持っているのだと。そこにはそれぞれ違う時間があり、ラーメンがあり、旅館があるのだと。

私は改めてヒナタを見つめる。

「ヒナタは昔からパンが好きだったもんね」

「うん。大好き。食べれば食べるほど好きになる。それにパンって、結構奥深いんだよ。生地の違いや、温度の差で全然違うものになっちゃうの。酵母菌とか、栄養素のバランスとかが関係してて……と、とにかく勉強することがいっぱいあって、面白いんだ」

満面の笑みを浮かべるヒナタ。彼女の心の中のパンは、私が思うよりもずっとふかふかで、香ばしくて、綺麗なきつね色をしていそうだ。

「ヒナタならきっと、いいパンが焼けるよ」

「ありがとう。でも、ツキちゃんはきっと大学に行くよね」

「うーん……どうだろう」

「やっぱり、卒業後は別々になっちゃうのかな」

「まあ、仕方ないよ」

項垂れてしゅんとするヒナタ。同じ校門をくぐり、同じ廊下を歩いて同じ階段を上り、同じ教室の前までやってくる。私は扉を開けながら、呟いた。

「ヒナタがパン屋を開いたら、買いに行くね」

「うん。ツキちゃんならタダでいいよ。絶対来てね」

「そんな約束したら後で困るよ。お金は払うって」

私は苦笑したが、ヒナタは見透かしたような目でこちらを見ていた。

「ううん。いいの。そうでもしないと、なんだか……ツキちゃんは来ないような気がして」

そして寂しげに微笑《ほほえ》むと、机の上に鞄《かばん》を載せた。

私は何か言おうとしたけれど、クラスメイトの何人かが「ヒナタ、おはよう」と寄ってきたのを見て、口をつぐんだ。

昨日、小指さんは私を抱きかかえたまま、どこまでも高く飛んでいった。気球のようなゆったりとした動きで、半ば風任せに、しかし確実に地表は遠ざかっていった。

この星の丸さがよくわかった。青く透き通ったヴェールをかぶり、綿に似た雲に覆われている。空の色は青から黒に変わっていたが、依然として陽差しは強い。明るいのに暗いという、不思議な感覚。

雲を突き抜け、月に触れんと伸びる世界樹の枝に、小指さんは私を連れて行く。

「心の中に違うラーメンがあって、旅館があって……」

意味もなく彼の言葉を繰り返す私に、小指さんは続けた。

「外側に広がる世界と同じだけ、内側にも世界が広がっている。現実と、心実。表世界と、裏世界。人間は二つの世界を持っているんだ」

駅前商店街と同じくらいの幅がある枝に、私たちは降り立った。こんなに世界樹に近づいたのは初めてだ。ごつごつした触感を、私は踏みしめる。

「じゃあここは、私の裏世界なんですか」

世界樹から宇宙と地球の境目を眺めて聞く。

「そう言っているじゃないか」

「そんなところにどうして、私たちはいるんでしょう」

「方法があるんだ」

小指さんは枝の端っこに腰掛けると、足をぶらんと空中に投げ出した。

「僕の場合は小指を使う。現実の小指を、僕が望む分だけ曲げた結果、何が起きるかわかるかい。理想と現実が、つまり裏世界と表世界が、小指で重なったんだ。小指が、二つの世界を分けていた」

「さっき鍵だとかなんとか、言ってましたね」

「まさに鍵だ。こいつのせいで、僕はいつの間にか裏世界に入り込んでしまっていた。最初は戸惑ったよ。君と違って、懇切丁寧に説明してくれる人間とも出会えなかった。仕方なく自分で色々試して、仕組みを解明していった。他人の裏世界に入れるようになるまで、数年かかった」

右手の小指にそっと左手を添える。

「角度で調整するんだ。周波数にアンテナを合わせるように」

少しずつ、彼は小指の曲がり具合を変えていく。

「心実と現実で、小指の角度がぴったり一致している時は、裏世界と僕の意識は繋がっている。少し離れると、少し裏世界との距離が遠のく。意識は現実へと連れ戻されていく」

かなり微妙な調整らしかった。角度にして一度にも満たない分だけ小指を動かしたところで、小指さんがまるで昔のテレビのように瞬き、ぶれ、色合いが変化し始めた。

「これくらい離してしまうと、もう裏世界とのリンクはほんの僅かだ」

いくらも小指の角度は変わっていなかったが、彼の姿はモザイク状のまばらな斑点になってしまっている。声には川のせせらぎのような、コオロギの鳴き声のようなノイズが交ざり、聞き取りづらい。

「意識が現実に戻るぶん、裏世界に留《とど》まる意識が希薄になる。さらに、これくらいなら……」

「ちょっと、帰ってこられるんでしょうね」

遅かった。シャボン玉が揺れて弾《はじ》けるように、微かな虹色の揺らぎを一瞬残し、小指さんは消失してしまった。

私が夢から覚める時も、こんなふうに消えていたのだろうか。それにしても、こんなところに私一人残してどうするつもり。

虚空を睨みつけたが、流れ星が二つ横切っただけで、何の返答もなかった。

小指さんとの出来事を思い出しながら、私は教室の自分の座席に座っている。

ヒナタと私は仲がいい。仲がいいのはいいことだ。

だけどヒナタはみんなと仲がいい。仲がいいのはいいことだ、けれど。

私の席は窓際の一番後ろ。この位置は結構気に入っている。陽当たりはいいし、横を向けば校庭が見下ろせるし、前を向けば教室全体が見える。思い思いに行動する生徒たちが、まるで蟻《あり》の集団のようで観察しがいがある。

うちのクラスで一際目立つのは、中央の席に座る西村美沙《にしむらみさ》だ。私より少し背が高く、派手な顔立ちで、声が大きい。本人は割と呑気な性格なのだが、正義感が強くて頼りがいがあるので、よくまとめ役になる。今日も大声で笑いながら取り巻きと好きなバンドの話をしている。松戸知恵《まつどちえ》は西村の取り巻きの一人。ショートカットで中性的な顔立ちで下級生にもファンがいる。大人しくて感情をあまり表に出さない。いつも黙って西村の話を聞いている。同じく取り巻きの一人である下江啓《しもえけい》は、めちゃくちゃよくしゃべる。早口でけらけら笑い、垂れ目がくるくるあっちこっちを見る。受けを狙うあまり悪口や冗談が行きすぎることも多い。

この三人が西村グループ。

クラスには十くらいのグループがあって、休み時間になればだいたい同じメンバーで固まっている。複数のグループを渡り歩く奴もいる。石川亜里砂《いしかわありさ》なんかはバンドの話なら西村グループで、漫画の話なら別のグループと使い分けていた。そうしてみんな、どこかしらに居場所を見つけている。

仲がいいのはいいことだけど。

もちろん例外もある。どのグループにも属さず、文庫本を広げながら、時々あたりの様子を観察しているだけの生徒が一人。みんなからは根暗だとか、孤高を気取っているとか思われているのだろう。うん、私がそうなんだけれども。

逆にどのグループとも仲が良く、自然にやり取りしてのける奴もいる。今、そいつが両手にプリントの山を抱えて、どんくさい動きでこちらに歩いてくる。

「あっ」

どうしてそこで躓《つまず》くのかがわからない。ヒナタはすっ転び、プリントをまき散らした。すぐ横にいた西村グループの三人が「おわっ」と目を丸くしている。

私は腰を浮かしかけたが、すぐに手伝う必要はないと悟った。

「大丈夫か、春原《はるはら》」

西村が駆け寄ると、ヒナタの体をしっかりと支える。松戸は相変わらず無表情ながら、散らばったプリントを黙々と拾い集めている。下江は甲高い声で大笑いしていた。

「ヒナタちゃんって、ドジだよねー。そんなんでよく生きていけるねえ」

ひどい悪口にも聞こえるが、普段から観察している私にはわかる。あの下江という女にとっては、愛情表現のようなものだ。

「啓、言い過ぎ」

「大丈夫大丈夫。私たち仲良しだもんね、ヒナタちゃん」

西村に窘《たしな》められた下江はヒナタに肩を寄せ、歯を見せて笑う。彼女は本当に嫌っている相手に、決してこんなことはしない。冷たい目で無視して、陰口を言いふらすだけだ。まあ、私なんかがそういう対象になっている。

「ご、ごめんね。ありがとう」

乱れた髪とヘアクリップの位置を直してから、ヒナタがぺこりと頭を下げる。拾って貰ったプリントを三枚数え、西村たちに渡した。

「これ、先生から。渡し忘れたんだって」

「あー。サンキュ。そうだ春原、週末って暇? 私たちライブ行くんだけど、一緒にどう。めっちゃ熱い対バンでさ」

誘ったのは西村だったが、三人で同意済みなのだろう。松戸も、下江も、頷いてヒナタを見た。

「ごめん、今週はバイトで。どうしても抜けられないんだ」

「そっかそっか。じゃあまた誘うよ」

ヒナタは色んなグループからしょっちゅう誘われている。ライブに、カラオケに、ゲームセンターに、読書会に、スイーツ食べ放題に、映画に、合コンに。理由は何となくわかる。

一緒にいて疲れないから。

大人しくて自己主張が少ない春原日向《ひなた》は、あと一人誰か欲しいときの無難な誘い相手なのだ。

「ツキちゃん」

ヒナタが照れたように笑いながら、私のところまでやってきた。プリントを一枚差し出してくれる。

「はい。先生から」

「ありがとう」

その目。小動物のような、潤んだつぶらな瞳。思わず守ってあげたくなるような雰囲気。

「そのシリーズ、面白いんだね」

「え？」

私が手にしていた文庫本を指さしてヒナタは続ける。

「だってもう三巻だもの。ツキちゃんがそんなにのめり込むなんて、珍しいよ。ね、今度私にも貸してもらえないかな」

「いいけど……私の読んだやつでいいの」

この感じ。本について私は一言も話したことがないのに、さりげなく見ていて、覚えている。

「うん。ツキちゃんと同じ本を共有できるのって、嬉しい」

こんな言葉が、彼女からは臆面もなく飛び出してくる。どうも演技ではないらしい。

ヒナタは誰に対しても敬意を向け、興味を持てる人間なのだ。だから彼女と一緒にいると楽しい。心地がいい。そばにいて欲しくなる。

このクラスに、いやこの学校に、ヒナタのことが嫌いな人間は一人もいないのではなかろうか。いわばそういう才能の持ち主とも言える。

私はそれを時折、怖いとすら感じてしまう。

小指さんが消え、世界樹の枝に置き去りにされた私は、仕方なくあたりを散策していた。

足の裏からはごつごつした枝の感触と、その奥を行く水流だろう、さあさあという振動が伝わってくる。風雨にさらされてか表面は固くひび割れ、鱗のような黒い樹皮に変化してしまっている。だが、よく見るとその模様は何かに似ている。

「うわっ」

何だかわかった時、私は思わず叫んで後ずさりした。眠るように目を閉じている猿の顔が、そこにあった。

「群体なんだ。鯨と同じように」

見ればあちこちに、動物や植物の形が見いだせる。猿を包んでいるのは海藻だ。海藻は途中から蛇の胴体と絡まり合い、うねっている。見渡す限り、無数の動物や植物がくっついて繋がって、枝を、世界樹を構成しているのだった。ちょっと気味が悪い。

おそるおそるもう一度猿の顔に近づき、様子を窺《うかが》う。撫でると微かに首を傾げた。やっぱり寝ているのだろうか。あくびをしたとき、鋭い牙が顔を出す。口の中に苔《こけ》がいっぱいに生えて緑色なのが見えた。

「何だか、気持ちよさそう」

これが苦悶《くもん》の表情を浮かべていたら、もっと怖かったかもしれない。しかし世界樹に取り込まれている動物たちはみな、快適そうだ。巨大な生命体の一部たりえる幸せをいっぱいに噛《か》みしめて、穏やかな夢を見ているのだろうか。

私は枝の上を歩いて行く。足をつくたびに衝撃は柔らかく吸収され、奥で何かが蠢き、押し合い、水が動く気配がする。向かう先には小高く盛り上がった部分があった。節かな、と見つめながら近づいていって、足を止めた。

あれは竜だ。顔面にオレンジポピーはない。ヘアクリップをくわえていたのとは別の個体だ。代わりに桃色のアザレアが咲いている。

竜は微動だにしない。下半身の大部分がすでに世界樹と一体化し、枝と同じ色に変色が進んでいる。鮮やかな色が残っているのは頭部だけ。八重咲きのアザレアはくしゃくしゃに萎《しぼ》んでいた。眠っているのだろうか。

「あなた、どこから来たの」

私は話しかけてみた。反応はない。もう少し近づいてみる。

「世界樹と融合したくて、ここまでやってきたの？」

竜の後頭部で、兎《うさぎ》の耳がぴくりと揺れ、私の方を向いた。

「ねえ。大きな何かの一部になるって、そんなにいいものなの……？」

重々しい動作で、竜がこちらに顔を向ける。アザレアが震え、花びらがゆっくりと開き、奥の深い桃色を露《あら》わにした。硬化しかけていた表皮がびきびきと割れ、鱗が落ちる。

アザレアの中心部が開く。花の中に人の唇があり、唇が開くとノコギリ状の嘴《くちばし》が現われる。三層構造のえげつない形状の口が、私を狙っている。

しかし、私は竜から優しさのようなものを感じた。

この、世界樹とほぼ同化しつつある竜が。オゾンを吸い、流星を眺め、成層圏で心地のいい眠りに落ちていた竜が。わざわざ重い体を持ち上げ、私を食らおうとする理由は、食欲ではない。たぶんそういったものは、もう十分満ち足りている。揺れる桃色の花びらから、竜の気持ちが伝わってきた。

そこに独りぼっちじゃあ、寂しいだろう。心配しないで。君を食べるくらいの力は、まだ残っているから。

おいで。

苦しそうに身を軋《きし》ませながら、体を這《は》う蔓や皮を千切りながら、竜は大口を開いて私と向かい合う。竜の気持ちが嬉しかった。何だか、ここで食われてもいいような気がしてきた。

私は目を閉じた。竜が飲み込みやすいように小さくなろう。体育座りをして、膝の間に頭を入れる。

痛くないように一口でお願いね。小声で呟いて、静かに時を待つ。

湿った温かい息が顔にかかった。視界が赤に包まれる。

「無駄だよ」

目を開くと、ズボンと靴が見えた。

「戻ってきたんですか、小指さん」

「言っただろう、最後まで説明はすると。ただ一度離脱してしまうと、復帰に時間がかかるのを忘れてた。裏世界への出入りは簡単なんだけど、君の裏世界に行くとなると、また別のチューニングが必要でね」

小指さんが私のそばに立ち、竜の鼻先を撫でていた。

「竜は君を食えない。何度試したって無理さ」

竜が二、三度えずいた。

目と鼻の先にいながらも、まるで透明な壁が遮っているかのように、竜の口は私に届かなかった。何度か試したのち、諦めたらしい。竜は悲しげに顔をそむけ、うずくまる。アザレアは萎み、つぼみとなって項垂れた。

「見なよ。ちょうど生まれるところだ」

小指さんに連れられて、私は枝の端っこまで歩いて行った。

「ほら。この枝の先、太い幹がわかる？　その、下の方」

吹きさらしで、手すりすらない展望台だ。私はおそるおそる縁ににじり寄る。絶壁のぎりぎりに平然と踵《かかと》で立つ小指さんと、へっぴり腰の私。落ちたってすぐに夢から覚めればいいのだろうけど、本能が理解してくれない。

彼が指さす先に目を細める。

「虹色に光っているところ」

「あ」

わかった。

黒い空の中、ランタンでも灯《とも》したように明るい場所。幹から鯨が生えていた。裂けた樹皮の隙間からその巨体を覗かせ、付け根から蒸気を吹き、少しずつ少しずつ身をよじらせては外に出ようとしている。出産を思わせる光景だった。

「鯨って、世界樹から生まれるんだ」

なんだ知らなかったのか、という顔で小指さんは私を見た。

「君が世界樹と呼んでいる場所には、たくさんの養分が集まってくるんだ。余剰分は膨れて浮かんで、あの鯨型の貯蔵タンクになって分離する」

「その養分は、どこから来るんですか」

「ほとんどは世界樹が吸い上げているものだ。恐ろしく太い根が心臓を鷲摑《わしづか》みするみたいに、この星の奥深くにまで突き刺さっていて、強烈な浸透圧と毛管現象で根こそぎ掘り出してる。それから、世界樹に集まってきた生物の養分だね。君も見たように、あらゆる生き物が世界樹に群がり、融合を図っている。それを丸ごと取り込むのさ。だから世界樹の生体液は虹色に揺らいでいる。人の赤い血も、トカゲの緑の血も、イカの青い血も、虫の黄色い血も、そして植物の透明な血も、そこには含まれている。同じ血を分け合って、違う血が溶け合ってる」

「詳しいですね」

「僕はこの中をあちこち見て回ってきたから。ほら、鯨が飛び立つ」

海が一斉に泡立つような音を立てて、巨体が幹から離れる。初飛行の割には危なげない動作でひれを二、三度動かし、鯨は空中へと泳ぎ出す。幹と鯨を繫いでいた蔦《つた》が、船と港の別れを惜しむ紙テープのようにピンと張り、少しずつ千切れて落ちた。

「鯨はどこに行くんでしょう」

「あちこちに流れていっては、養分を撒《ま》いて回るようだ。腹の中身が空になる前に戻ってきて、養分を補給していく」

「もしかして、あの虹色の粒子？」

「そう、それが養分だ。撒き散らされた養分がもとになって、その地で新たな命が育まれる。そうして生まれた命は、風に乗って世界樹を目指し、やがては融合する。これを繰り返して世界樹はどんどん大きくなり、ますます富を地核から吸い上げては栄えるというわけ」

「じゃあ鯨も、竜も、何もかも世界樹というシステムの一部ってことですか」

小指さんは頷いた。

「そうとも言えるね。みんなが一致団結して、世界樹という巨大な命を作り上げている。そしてその恩恵を受け取ってる」

溜め息が出るほど壮大で美しい光景だった。それでも私は座り込み、顔を覆った。

「何だかそんなのって、怖いですよ」

「怖い？」

口の中いっぱいに苔を生やしていた猿が思い浮かぶ。

「世界樹にいいように使われているみたいじゃないですか。あんな、黒くて乾いた顔になってまで、そんなの、辛いですよ」

世界樹が揺れればあの猿はひび割れてしまうかもしれない。剝がれて脱落してしまうかもしれない。大きなもののために、小さな犠牲が出る。

「そりゃあ表面はそうだけどね。中の方は豊潤そのものだよ。隕石《いんせき》で枝がもぎ取られた場面に居合わせたことがあるんだ。その時内側を垣間見《かいまみ》た」

小指さんは長い睫毛《まつげ》を揺らしながら、淡々と続ける。

「瑞々《みずみず》しくてね。香りの良い体液がいっぱい迸《ほとばし》っていた。組み込まれている生物たちは、実に幸せそうだったよ。母親の胎内にいるようなものじゃないかな。平和で、安全で、心から満ち足りていた」

「でも、身動きは取れないわけでしょう」

「その必要がないんだよ。動物がどこかへ行くのは、何かを手に入れるためだ。しかし世界樹には全てが揃っている。栄養も、安全も、愛も。自分の足で歩く必要も、手を伸ばす必要も、あれこれ考える必要もない」

「そんなの不自由ですよ」

「食事だの、呼吸だの、やらなくちゃいけないことをたくさん持っている方がよっぽど不自由じゃないか。そういった束縛から解放されて、真に自由に眠っていられる。天国だ」

「でも……でも」

私はわからなくなってきた。どうしてこんなに躍起になって、世界樹を否定しようとしているのか。

「中心の、実入りがいい場所に組み込まれるならいいけど。外側の方に配置されちゃったら、苦しい……し」

「まあ、そりゃ仕方ないさ」

小指さんは溜め息をつく。

「表皮を担当する奴がいるから、内側でだらけていられる奴がいる。そこはお互い様だろう。表皮はやがて剝がれ落ち、再び世界樹に吸収される。その過程で祈るのさ。次こそ内側に組み込まれますようにって」

「そんな運任せの幸せなんて、私は嫌です」

「運任せだからこそ、長い目で見れば機会が平等に行き渡るんだ。それに表皮であっても、最低限の養分は回ってくる。『健康で文化的な最低限度の生活』が営める。だからみんな、この仕組みに加担する」

「加担って、そんなの……」

「誰もが世界樹にそっぽを向き、融合を拒否すれば、世界樹はあっさりと枯れ落ちる。でもそうはならない。養分に惹かれて、次々に融合を望んでやってくる。みんな、この世界を認めているんだ。このままでいいと思っているんだ。いい加減に認めた方がいいよ」

小指さんが私を見た。

「何にも属さず傍観者でいたい君は、ごく少数派。異分子だということにね」

その鋭い視線に射貫《いぬ》かれたように、私は一歩後ずさる。

「気づいていないようだけど。竜を拒絶しているのは君自身だよ」

私は耳を塞ぐ。聞きたくなかった。

「僕は見たんだ。さっき大口を開けた竜の前で、目を閉じて座り込んだ君が、全身から何を噴き出していたと思う？　ほら、まだ跡が残っている」

おそるおそる振り返る。

さっき、竜と私がいた場所を。

そこには大穴が空いていた。焼け焦げ、腐食したようなその跡は、強力な酸によるものらしかった。


私は竜を、世界樹を、拒絶する。決して受け入れない。外から眺めている間は平気だけど、取り込まれそうになると酸を発し、竜の腹に大穴を開けてでも脱出しようとする。そういうことだったらしい。

そんな私が進路調査票を書けないのも、クラス内でグループに入れないのも、当たり前ではないか。ああ、色々わかってきた。やっぱりあそこは私の裏世界だ。

帰りのホームルームが終わってすぐ、私は鞄を持って立ち上がった。いつもだったら美術部に顔を出すのだけれど、今日は一人でいたかった。ヒナタに呼び止められる前に教室を出て、逃げるように廊下を走る。同じく授業の終わった生徒たちが、それぞれ仲の良い者どうし連れ添って歩いている。

仲がいいのはいいことだ。仲がいいって何だろう？

互いに相手を必要とする。互いに相手を補う。一緒にいて楽しくて、幸せになる。

西村グループは一見、クラスの中心である西村美沙に、松戸知恵と下江啓が寄生虫のごとくくっついているように思える。だが本当は西村だって、松戸や下江が必要なのだ。誰にでもずけずけと物が言える下江がいなければ、西村は担ぎ上げられた女王様、誰とも対等に話せない。しかし二人だけでは、下江を窘めるたびに空気が悪くなってしまう。そこで緩衝材の松戸が入り、バランスが保たれる。無口な松戸も、下江や西村と一緒にいれば退屈を感じなくて済む。

全く別の生き物が、都合がいいから一緒にいる。群体だ。

美術部だってそうだ。真面目で先生に忠実な犬みたいな部長がいれば、粘着質な絡み方をするイカみたいな先輩もいる。リスのように可愛らしい後輩がいて、黙々と作品を作り続ける植物のような同級生だっている。みんな違ってみんな良くて、絶妙な均衡が保たれているから、美術部は生命体として機能する。文化祭で展示をしたり。

合宿で合作したり。大きなことを成し遂げる力を持つ。

そうして学校には竜が生まれる。

最後まで食べられるのを拒絶し続けた私だけを残して。

靴箱の前で靴を履き替え、校門を出る。駅までの並木道を早足で歩きながら、通り過ぎる人、一人一人に目をやる。みな忙しそうに歩いて行く。目的のはっきりした足取り。買い物袋を提げた女性は家庭へと、スマホを持った男性は会社へと向かうのだろう。

みんな何かに属し、己の役割を果たして、恩恵を受けて生きていく。

お父さんは会社から給料を貰い。そのお金でお母さんが食材を見繕う。誰かが作った野菜を買って、誰かが釣った魚を買って、お母さんが料理して、私は食事にありつける。鯨が余った養分を振りまいてくれるみたいに、この世は循環している。

お母さんが払ったお金は誰かのお給料になって、誰かが野菜や魚やお肉を取りに行く。お父さんが病気になっても心配はいらない。病気を治すのが仕事の人もいるし、代わりに仕事を引き受けてくれる人だっている。

群体だから、そういうことができる。社会という、地球を覆い尽くした世界樹の、何とよくできていることだろう。星の資源を根こそぎ吸い上げ、養分を分け与えて。

私のように、まだ社会にきちんと融合せずにいる子供を生かし、育てる余力がある。

教育し、進路を決めさせて、やがては取り込む。疑いを抱く人などいない。みんな社会に組み込まれることに喜びを覚え、秩序を揺るがすものを糾弾する。

仲がいいのはいいことだ。なぜ？

世界樹に都合がいいから、ではないか。

いつしか私は全力で走っていた。石畳を踏みつけ、歯を食いしばり、通行人を追い抜いて。

仲がいいなんて、気持ちが悪い。誰かと仲良くすると自分が縛られる。ヘアクリップのメーカーを揃えて、休み時間は一緒にトイレに行って、お弁当の中身を交換して、同じ電車に乗って、SNSをチェックして、適当に話題を合わせて、流行に乗って、褒めていじって喧嘩《けんか》して仲直りして。

そうして繋がらなかったら、世界樹はあんなふうにそびえ立っていられない。結束が緩めば崩壊する。だから確かめ合い、補強し合う、互いの絆《きずな》をことあるごとに。

嫌だ。

私は走りながら叫んだ。とっくに駅を通り過ぎていた。もはや走ること自体が目的になっていた。

そんなの嫌だ。私は嫌だ。

道行く人が驚いて振り返る。変な奴だと思われているのだろう。実際、その通りだ。

履いている靴も着ている服も、何もかも社会のおかげで手に入れたくせに、その社会が嫌だと叫ぶ愚かな子供。それが私。

だけど、嫌なものは嫌なんだ。

世界樹の内側で平和に眠るなんて、願い下げ。草原で一人孤独に彷徨《さまよ》う自由を、手放したくない。

どこをどう走ったのか、さっぱりわからない。適当に角を曲がり、また曲がり、坂を上ったり下ったりしているうちに、駅前にもう一度戻ってきてしまった。これ以上は走れない。手近なショーウインドウの陰で立ち止まり、乱れた呼吸を落ち着ける。

そこはパン屋だった。

店の前に香気が漂っている。パステルグリーンの屋根をのっけたログハウス風の店構え。きっと人気店なのだろう、こうして私がぼうっと窓から店内を眺めている間も、お客さんが絶えない。

フランスパン、ロールパン、ピザ風のパン、色々なパンが籠に入れられ、台に並んでいる。トレイを持ったお客さんが列を作る先、木目調のレジカウンターで、新人アルバイトらしき女性がおぼつかない手つきでパンを袋に入れている。

その隣に、ヒナタが立っていた。

白いエプロンを着けて、優しく微笑みながら指示を出している。列が長くなってきたのを見て取ると、鮮やかな手つきでパンを包装し始めた。お客さんとにこやかに雑談をしつつ、手は止めない。新人も落ち着きを取り戻したのだろう、レジを打つ表情に笑みが戻っていく。みるみるうちに行列は処理されていく。

そうか。今日はヒナタがバイトに行く日だった。

厨房《ちゆうぼう》の方から呼ばれたのだろう、ヒナタが振り返り、レジを任せて奥に入っていく。両手に手袋をつけて、オーブンの天板を引っ張り出している中年男性が、何事か聞いた。ヒナタは頷き、手振りを交えながら答える。

話の内容は聞こえてこなかったが、この店でヒナタが頼りにされているのは、二人の表情から伝わってきた。ヒナタはパン屋の一員として、しっかりと働いている。

気難しそうに口をへの字にしたお婆さんが、私の横に自転車を止めた。皺だらけの顔でじろりとこちらを睨んでから、大きなリュックを背負い、体を揺すって店内へと入っていく。

ドアベルの音で振り返ったヒナタが、お婆さんを見て会釈した。常連客らしい。そばまで駆け寄ると、トレイとトングを取って差し出し、新商品と札の掲げられた一角を指さして話し始めた。お婆さんはうんうんと頷いている。まるで孫を前にしているかのような、穏やかな笑顔。

涙がこみ上げてくるのを、歯を食いしばってこらえる。

私にはできない。あんなふうに誰かを、幸せにすることはできない。

西村がライブに誘いたくなるほど、相手の心を和ませることはできない。先生がお手伝いをつい頼んでしまうような、穏やかな空気を醸し出すこともできない。

私にできるのは、ひねくれることだけだ。

みんなと違うヘアクリップをつけたり、体育祭でクラスが盛り上がっている時にサボったり、いつまでも進路を決めなかったり。そんな私にヒナタは憧れてるみたいだけど。私が足踏みをしている間に、ヒナタは一つずつ、着実に積み上げていた。

――パン職人になりたいんだ。

子供っぽくて、可愛らしいヒナタの夢。本当に子供だったのは、果たしてどちらか。

本当に凄いのは、どちらか。

本当に相手に憧れていたのは、どちらなのか。

瞼《まぶた》を拭った。少しだけど、袖が濡れた。窓の向こうでヒナタの姿は輝いていた。眩しくて、私は背を向ける。

ヒナタがこちらを見た気がした。私は弾かれたように駆け出した。今、店に入ろうとしていたお客さんをかわして、駅の方へとアスファルトを蹴った。

どうどうと落ちる滝の音。あたりを漂う、水の粒子の匂い。世界樹の方を向いて生える木々や草花、そして空を回遊する鯨たち。薄く広がった雲。

やっぱりここは落ち着く。ずっと裏世界にいたいくらいだ。

ぼうっと池のほとりに座り込んでいると、ふと風が吹いて水面を揺らした。そして、黒の革靴が背の低い草をきゅっと踏んで現われる。

「どうも、世界の主」

小指さんだった。相変わらずのモノトーンの服装は、この世界に馴染《なじ》まない。彼は小指の曲がった右手をポケットの中に突っ込むと、こちらへと歩いてきた。

「おおむね状況は理解できたようだな」

「はい……ちょっとショックでした」

小指さんはそっと草むらに腰を下ろす。それから靴を脱ぎ、靴下も脱いだ。現われた足は男性のものとは思えないくらいに白く、無毛で、均整が取れていた。

彼が足を池につけると、同心円状に波紋が広がる。映り込んでいた、あたりの木々が滲《にじ》んで崩れた。

「裏世界を知ってから現実世界を見ると、また違って見えただろう」

私は俯く。やっと治まった涙が、またこみ上げてきそうだった。

「今、どこにいるんだい？」

「どこにって、ここにですけど」

「そうじゃなくて。現実世界の君さ」

私は洟《はな》を軽くすすってから、「駅のトイレ」と呟いた。

「どうしても裏世界に来たくなったんで。個室に鍵をかけて、便座に座ってます」

はっ、と小指さんは笑った。

「ずいぶん自由に出入りできるようになったな。僕ほどじゃないが、裏世界旅行者の才能があると見える」

「お陰様で」

少しずつ水面の揺れが収まり、池は再び鏡のようにあたりを映し出す。

「落ち着いたら現実に戻るんだな。ここでこうしてたって、時間の無駄だ」

私は顔を上げる。

「あんまり、現実に帰りたくないです」

「そうかい。僕の知ったことじゃないけど」

「私、嫌な奴ですね」

ぽつ、と水面に小さな点が落ちた。

「こういう気分は、久しぶりです」

しとしとと、弱い雨が降り始める。むわっとくるほどの湿気があたりから立ち上る。

小指さんが空を見上げる。

「昔から、空気を読めない子でした。みんなの盛り上がりに、水を差してしまったり。冗談のつもりだったのに、傷つけてしまったり。そのせいで一人だけ除け者《のけもの》ってことがよくあったんです。ううん、自分から他人を避けていたのかもしれない。集団の中に入るのが苦手だったし、怖かった」

「おい、勝手な自分語りはよせ。また雨が降るだろう」

「クラスでヘアクリップが流行っていた時も、誰にもお揃いをつけようと誘って貰えなかった。だから自分で、好きなものを買ったんです」

「傘を持っていないんだ。君の感傷で僕までずぶ濡れにするつもりか」

「一人で生きていく強さは身につきました。群れているみんなを眺めて、観察して、ふうんそんなふうにして相手に合わせるんだって心の中で笑ってました。それはそれで楽しかったし、楽でした」

「……聞けよ」

雨は強くなっていく。水滴が葉に当たる音がして、草が激しく揺れている。小指さんは苦虫をかみつぶしたような顔でこちらを睨んでいた。

「この裏世界とそっくり同じじゃないですか」

群体でできている竜を、鯨を、世界樹を見て、面白いなあとほくそ笑んで。同じ方に向かって生える植物を眺めて、大変だなあと嘆息して。何もかもが他人事《ひとごと》、自分だけが別なつもり。

「今でも心のどこかで思ってるんです。みんなは進学して、就職して、社会の歯車になっていくけれど、自分だけはそうしなくていいはずだって。ずっと他人事のまま、誰にも合わせない観察者のままでいられるはずだって」

本当は私も、世界樹の方を向いて歩かなきゃいけないのに。

「そう考えたら、何だか急に自分が嫌になって……」

私がしゃくりあげると共に、風が吹いた。木が揺れ、水滴がわっと落ちてくる。小さな破裂音がした。小指さんが折りたたみの傘を開いた音だった。

「傘、持ってるんじゃないですか」

「うるさい、一人用なんだ。入れてやらないからな……」

ふうと息を吐いて、小指さんは続ける。

「湿っぽくて不愉快だから、慰めの言葉でもかけてやろうか」

「ぜひお願いします」

さほど期待もせずに言ったのだが、小指さんはこほんと咳払《せきばら》いをして告げた。

「この裏世界は綺麗だ」

雨が傘に落ちる音がする。私の頭に水が注ぐ。

「色んな裏世界を知っているが、ここほど自然豊かで、壮大で、美しいところは珍しい」

虹色の粒子が、雲の上からほのかに漂ってくる。

「私のみんなへの憧れの分だけ、綺麗なんですよ。心の底では自分も竜になって、鯨になって、世界樹になりたい。どうしてもうまくできないから、外から見るだけ」

西村グループのみんなとライブに行ったらどれだけ楽しいだろう。下江の毒舌にも慣れたら、腹を抱えて笑っちゃうかもしれない。先生にプリントを配るのを頼まれるような関係だったら、どんな話をしよう。先生の学生時代について聞いてみたりして。部活でもっと素直に先輩の言うことを聞いて絵が描けたら。バイトをして、誰かに頼って貰えたら。

「人間には醜い部分だってたくさんある。そういう面ばかり見れば、悍《おぞ》ましく、汚い裏世界が心の中に出来上がる。だが、君はそうしなかった。なぜかわかるか？」

「それは……」

雲が途切れた。漂う水の粒子を煌めかせ、天から降りた光が真っ直ぐに池に落ちる。虹が現われた。あたりは急速に明るくなっていく。正面にそびえ立つ世界樹が、その勇姿を露わにした。どこまでも高く空を割って、私を見下ろしている。

「結局君は、世界を愛しているってことさ。見なよ」

小指さんに促されて振り返ると、無数の鯨が飛び立つところだった。何百頭もの鯨が、それぞれ弦が震えるような声で鳴きながら、悠然と尾を振って浮かび上がる。弦楽千重奏。鮮やかな日差しに照らされ、巨大な影を草原に落とし、空をゆく。彼らの向こうには暗黒の宇宙が広がり、星が瞬いている。まき散らされる虹色の粒子は混ざり合い、風に乗って流れ、時に逆巻きながら複雑なマーブル模様を描く。

その絶景に、思わず涙も引っ込んだ。

「集団に馴染めるってのも、一つの才能だ。だが、世界に生きる者として、世界を愛せることもまた、重要な才能だと言えるんじゃないかな……ふう」

やっと、雨が止《や》んだな。そう呟いて小指さんが傘を畳む。

私はただ、黙って頷き続けた。

気がつくと、駅のトイレにいた。涙ぐんだまま、便座に座っていた。

落書きが消された上に、また落書きがされた壁。尿くさい空気に、水浸しのタイル。手をかざせば水が流れるという注意書きはかすれていて、隅っこに使用済みの生理用品がぽんと捨てられている。錆《さ》び付《つ》いたスライド錠が、電車が通過するたびに小刻みに震えている。

小汚い情景だったけれど、妙に鮮やかで懐かしかった。

私はゆっくりと立ち上がり、衣服の乱れを直す。扉を開ける前にスマホを見ると、ヒナタからの不在着信が三件、入っていた。

少し迷ってから、私はボタンを長押しする。

スマホの電源は切れ、画面に澱んだ闇が満ちた。


一人や二人休もうと、学校は普段と何も変わらない。時間通りに生徒が集まってきて、予定通りに授業が進む。人の輪に入らず、いつも教室の一番後ろで文庫本を開き、クラス全体をまるで見物でもするかのようにぼうっと眺めていた背の高い少女がいなくても、気にする者はいない。

戸惑っているのは春原日向くらいのものだった。休み時間のたびに席を立ち、堀川月子の席に向かって歩き出そうとしては、はっと気づいてすごすごと席に戻る。時折スマホを確認するものの、何をするでもなくそのまま鞄に戻す。一日中、落ち着かない様子だった。

「春原、カラオケ行かない？」

放課後、西村美沙が声をかけた時も、日向は心ここにあらずといったふうだった。

「え……あ。今日？」

「そう。何か、暇そうだなーって思って」

特に断る理由はなかったが、遊びに行く気分にはなれなくて、日向は項垂れた。

「何だか元気ないね。大丈夫？」

下江啓が横から顔を出す。

「あれでしょ。月子が休みだからでしょ」

「月子って誰」

「え、西村ひどいな。知らないの？　ほら、いつも本読んでる……」

「あ、ああ。堀川か。忘れてたわけじゃないよ、ただほら、下の名前が咄嗟《とっさ》に浮かばなくてさ。そっかー、あいつ今日休みだったか」

何の悪気もないのだろう。爽やかな声で笑う西村。その無関心さに、日向は胸の奥がちくりと痛むのを感じた。

「私、様子見に行こうかな。家、知ってるし」

作り笑いを浮かべてそう言って、鞄を肩にかけたところで下江が立ちはだかる。

「月子って、ヒナタちゃんの幼なじみなんだっけ。だから、今でも無理して付き合ってあげてんの？」

「無理して、って……そんなこと」

「だってそうじゃん。月子なんかと一緒にいても、面白くないでしょうに。体育の組分けだって、グループ学習だって、あんた以外に月子と組みたがる奴なんていないよ。同情してるんだろうけど、そんなに頑張らなくていいんじゃないの。放っとけば」

日向の拳が震えた。友達を馬鹿にされたようで、腹が立った。

私たちが一緒にいて面白いかどうか、なぜあなたにわかるの。

だけど、どう言い返したらいいか、わからなかった。

確かに堀川月子はいつも一人だ。そして話しかけるのも、一緒に帰ろうと誘うのも、必ず日向からである。

それを同情と言い切られてしまうと、心が揺れた。

日向は他の誰かとお喋りもできる。だが月子には選択肢がない。だから誘うのではないか。

「違うよ」

弱々しく口にするのが精一杯だった。

日向が誘えば、月子は待ってましたとばかり楽しそうに話し始める。お喋りが嫌いというわけではないのだ。月子を尊敬している、と伝えれば困ったような顔をするけれど、まんざらでもなさそうである。

日向がずっとお守りにつけている、メタリックピンクのヘアクリップ。

大切に手入れして、忘れないように洗面台に置いている。朝起きて髪を留めて、鏡でその輝きを見ると、元気が出てくるのは本当だ。だけどそれ以上に、月子に見せるのが重要ではないのか。ある日突然ヘアクリップをつけなくなったら、彼女を傷つけるかもしれない。それが怖くて、使い続けているとは言えないか。

「違う。私とツキちゃんは、そういうんじゃない」

自分に言い聞かせるように、日向は言った。

「じゃあ何？　月子に何か、弱みでも握られてるの？　それか、よほどの恩でもあるの？　そうでもなければ説明できないじゃん、あいつに尽くす理由が」

「違う……」

弱みだとか、恩だとか、そういう話じゃない。私とツキちゃんは友達で、ただそれだけでいい。二人の関係に、他に言葉を持ち込みたくない。そんなことをしたら、何かが崩れてしまう。

「か、帰るね。ごめん」

日向は背を向け、逃げるようにして教室から飛び出した。

肩をすくめる下江を、「言い過ぎだよ」と西村が窘めた。


私、堀川月子は現実世界で体の輪郭が溶け出すイメージと一緒に眠りに落ちると、裏世界に入り込む。では裏世界で昼寝したらどうなるのか。試してみたけれど、結果はつまらないものだった。普通に気持ち良く眠れて、裏世界でまた目覚めるだけ。特に夢は見なかった。

「わざわざ裏世界まで来て、惰眠をむさぼるとはな」

草原に寝転んでうとうとしていると、私を覗き込む顔があった。小指さんだ。私は起き上がる。

「たまのずる休みくらい、いいじゃないですか」

小指さんこそ、こんな時間に私の裏世界に入ってきてるくせに。

ふと思いついて、私は聞いた。

「小指さんは、現実ではどこにいるんですか」

「答える必要はない」

「何で。教えてくださいよ」

「好きに想像すればいいだろう。人を殺して刑務所で服役中でも、全身麻痺状態で入院中でも……」

「教えたくないってことですか」

「そうさ。僕が聞きたい言葉はたった一つだけ。『裏世界についてよくわかりました、ありがとう、説明は十分です』。それだけ聞いたら、ここを去りたいんだがね。そろそろ満足したかい？」

「勝手にいなくなったりはしないんですね」

「当たり前だ。それじゃ約束を反故《ほご》にすることになる。僕の美学に反する」

私たちを黒い影がすっぽりと覆った。小指さんの背後で、竜が顔をもたげたからだ。

顔面に広がったオレンジポピーの花は、パラボラアンテナを思わせる。竜は私を見ている。少しでも私が動けば、方位角を合わせるがごとくオレンジポピーが追いかけてくる。ポピーの中心部の口を半開きにして、はあはあと浅く呼吸をしている。

「あれ、見てくださいよ」

「見えてるよ。他のやつらと違い、随分馴れ馴れしいようだが」

「私にとって一番身近な竜ですから」

短い前足に、太い後ろ足。長く、棘の生えた尻尾。銀色の体毛に、カブトムシのような角、そして玉虫色の飾り羽。アザレア、アマリリス、アジサイ、ナデシコ、クロッカス、パンジー、サイネリア……全身に無数の花が咲いている。艶《あで》やかな花もあれば、一見地味だが香りの強い花もある。女子校の教室のよう。

「体はそっぽを向いているな」

竜の体はどこかよそに行きたげだった。濃い緑色の鱗が並ぶ足で、足踏みしては、私に背を向けようとする。腹に巻き付いたモンゴウイカが、いやいやをするようにのたうっている。

「だけど花だけが、こちらを見ようとする」

どんなに体が曲がろうと、全身が抵抗しようと、オレンジポピーだけは執拗《しつよう》に私を追う。

どうしてあっちを向くの、どうしてあんな奴を気にするの。

そう言わんばかりに体は抵抗するが、オレンジポピーも譲らない。何度か押したり引いたりを繰り返していたが、力は頭がほんの少し勝っているらしい。身を引きずり、竜が一歩一歩、近づいてくる。花びらをこわばらせ、必死の形相で私に歩み寄ってくる。その鮮やかな橙色《だいだいいろ》。

多様な生命体が一つでいられるのは、間を取り持つ人がいるからなのだ。誰からも嫌われることなく、愛される人。一見目立たないが、欠けてはならない人。私にとっては、誰よりも凄い人。

そんな人こそが、竜の顔になる。

半開きにした口からは、細く鋭い牙が見える。牙の間には、いつかと同じようにメタリックピンクのヘアクリップが引っかかっている。

「ずっと、大切に持っていてくれるんだね」

私は呟いた。

「安物なのにさ、それ」

今度は落とさないように、牙と牙とでがっしりと挟み込んで。気のせいだろうか、私に見せつけているようにも思える。

「ありがとう、ヒナタ……」

オレンジポピーの口から唾液が糸を引いている。ふしゅっ、ふしゅっと荒々しい息の音がすぐ耳元で聞こえる。赤黒い食道が、覗き込めそうだ。

だがあと一歩、私には届かない。私もいつかと違って、食われてやる気はさらさらない。

「随分愛されているようだけど、いいのか。応えてやらなくて」

小指さんが冷やかした。

「いいんです」

懇願するように揺れるオレンジポピーの花弁を目の当たりにしながら、しかし私は動かない。

ツキちゃん、お弁当一緒に食べよう。

そう言って人懐っこく笑い、教室の一番後ろまでやってくるヒナタの顔が思い浮かぶ。駅まで一緒に帰ろう。部活、一緒に行こう。班、一緒になろう……心が揺れたが、しかしすぐに勇気を出して睨みつける。

もう、後回しにしない。

「そういうの、余計なお世話だから」

言葉をぶつける。オレンジポピーが硬直した。やがて花びらがしおれ、おしべが垂れ下がっていく。拒絶する言葉の重みを感じながら、私は冷たく言い放った。

「あっちに行って」

　堀川月子の家の前まで来たものの、なんと言って会ったらいいのかわからなくて、春原日向はスマホの画面を覗く。メッセージアプリのやりとりはずっと既読がつかず、メールにも返事がない。こんなこと、これまでになかった。

　避けられているのだろうか。

　二人の間に些細《ささい》な喧嘩はあったけれど、どちらかが謝ると、もう片方も本当は仲直りしたかったとわかって、すぐに笑い合えたものだった。

　小学校一年生の時に背の順で並ぶと、一番前が月子で、次が日向だった。四年生の時に月子に身長を抜かれ、六年生で月子はずっと後ろに行ってしまった。その時ばかりは心細さを感じたけれど、中学校では背の順ではなく出席番号順になり、また隣同士になった。

　二人は太陽と月のように、近づいたり離れたりしながらずっと一緒のはずだった。片方だけがどこかに行ってしまうなんて、あるわけないのに。胸にまとわりついて離れないこの不安は何だろう。

　意を決して、日向はインターホンを押した。出ない。

　何度目かでやっと応答があったが、声は月子のお母さんだった。

「ごめんね、日向ちゃん。月子、ちょっと具合が悪くて寝てるみたいで……」

会えなかった。やっぱり。何となく、そんな気がしていたんだ。

どうして。思い当たる節がないのに、急にこんなのってある？　それとも何かが、いつの間にか何かが、二人の間で進んでしまっていたのだろうか。

いや。本当にただ、具合が悪いだけなのかもしれない。

元気になったらまた、いつも通りに会えるはず。

「お大事に、とお伝えください」

伝言を頼んで、日向は家路につく。途中で振り返り、二階の月子の部屋を仰ぎ見る。端から端まできっちりと、カーテンが閉じられていた。


小指さんが溜め息をついた。

「あらら、邪険にされて可哀想《かわいそう》に」

オレンジポピーの竜は、明らかに傷ついていた。花はしぼみ、丸っこい緑色のつぼみに戻ってしまっている。表面に生えた微細な白い毛の上で、水滴が揺れている。背を丸め、尾を地面に擦《こす》り付けて。時折こちらを名残惜しそうに振り返りながら、すごすごと森へと退散していく。

「これでいいんです」

お母さんも「何も日向ちゃんを追い返さなくてもいいんじゃない」と言っていたが、関係ない。これは、私たちにしかわからない世界だ。

「まあいいさ。で、どうだい。他に質問はないか」

小指さんが髪をいじっている。私は真剣に聞いた。

「ねえ、小指さん。こんな裏世界が、他にもいっぱいあるわけですよね」

「そうだ。人の心の数だけある。複数の人格の持ち主なら複数あったりもする」

「どんな気分ですか。人の心の中を覗き見しながら、あちこち旅をするのは」

「控えめに言っても、実に素晴らしいことだ」

小指さんが目を閉じると、そよ風が睫毛を揺らした。

「裏世界に来ると、生きている実感がある。同じものを見ても、見る人が違えば、全く違う受け取り方になる。それぞれの裏世界では違う情景が広がり、違う風が吹いている。僕は時々、いやしょっちゅうか、こちらの方が本当の世界だとすら思う——考えてご覧よ。現実世界の本は、ただのインクと繊維の塊に過ぎない。人が読んで初めて、奇想天外な物語が姿を現わすわけだろう。真の魅力は心の中にある。裏世界を巡らなければ世界を知ったとは言えない、そう僕は思う」

「私も、色んな裏世界を見てみたいです」

小指さんが、黙り込んだ。私は切り出す。

「私がずっとしたかったことは、それだって思うんです。小指さんの旅に、連れて行ってもらえませんか」

「冗談じゃない！　君は君で、勝手に行け」

突っぱねる小指さんに、私はにじり寄る。

「何も、手取り足取り世話をしてくれとは言いません。足手まといなら、いつでも置いてってもらって構いません。危険は承知です」

「面倒なだけだ。御免被る」

「言いましたよね。面倒は見ないで結構。無視してもいいです」

私は押した。ここぞとばかりに押した。一歩も引いてはならない。この人は冷たいようで、押せば折れるような気がした。何より私は本気なのだ。

「勘違いするなよ。初めに念を押したはずだ、僕は親切な人間などではない、と。僕は自分の好きな時に、好きなように、好きなだけ旅をしたいんだ。裏世界で僕は、誰よりも自由なんだ。君のように行き当たりばったりの精神構造をした子供に縛られるなどもってのほか」

業を煮やして小指さんが立ち上がり、吐き捨てる。そして小指のチューニングを変える。彼の姿がぶれ、透けてゆく。私は必死に叫んだ。

「気まぐれでいいです。たまたま気まぐれに、誰かと一緒でもいい気分の時だけ、連れて行ってもらえたら、それで」

「そんな気分が、一生来なかったら？」

「一生、連れて行かなくていいです」

見定めるように小指さんは目を細める。実像はぼやけているが、まだ消えずにそこにいる。私は勝負を仕掛けることにした。

「私……裏世界について、もっと知りたいんです。まだ、満足していないんです」

「だから自分で勝手に調べればいい。十分教えただろう？　義理は果たしたはずだ」

「まだですよ」

雲行きがあやしくなる。雷鳴が遠くで鳴り、あたりは薄暗くなっていく。稲光が一度、二度、空を走る。私の決意が電位差を生んでいるのだ。あくまで断るというのなら、文字通り雷を落としてやるぞ。

「この世界について、教えてくださいと言いましたよね。あれは私の裏世界について、という意味じゃなくて。裏世界というもの全般について、教えて欲しいという意味だったんです」

「何だと？　そんな詭弁《きべん》を……」

髪の毛がぴりぴりと逆立つ。きな臭い空気が立ちこめていく。

「いいじゃないですか。気が向いた時だけ連れて行く、そう言ってくださいよ。人生は何が起こるかわからないでしょう。可能性がゼロ、とは言い切れないはずです。だいたい、本当に自由でいたいなら、変な借りは作らない方が美しいんじゃありませんか」

やがて小指さんが深い溜め息をつき、頭をかいた。

「わかった、わかったよ」

そしてチューニングを戻し、元通り実体化した。やった。私はほっと息をつく。

「確かに可能性はゼロとは言えない、限りなく低いが。それでいいと言うわけか」

「はい。ありがとうございます」

「なら、せいぜい根気強く、僕の気が変わる日を待つんだな」

「いくらでも待ちます。そうだ、その日に備えて、何か準備しておくものはありますか」

「準備だと？　裏世界では持ち物などいらない。いや、そうだな……僕は君がどうなろうと、知ったことじゃない。だからこれはただの忠告だ、どうするかは任せるが」

小指さんは大真面目な顔で言った。

「いざという時に備えて、保険を用意しておくことをお勧めする」

チャイムが鳴っている。この高校に入ってから、飽きるくらい聞いた音。いつか、懐かしくなるのかもしれない音。

「ありがとうございました」と面談室を出て、私は扉を背中で閉じた。顔を上げると、窓から差し込んだ夕陽が長く赤い長方形を廊下に落としていた。暗がりの中に立っている人影に、私は声をかける。

「ごめんね、ヒナタ。待たせちゃって」

「ううん……それは、いいんだけど」

不安げな目をしている。ここ数日連絡がつかなかった友達に、突然話があると呼び出されては、無理もないだろう。

「本当にごめんね。時間が必要だったの。色々なことを整理して、考える時間が」

まず謝ってから、私は切り出した。

「教室で話そっか。誰もいないし」

「うん」

扉を開けるからからとした音が、人気のない教室に響き渡る。私の長い影が、ヒナタの少し短い影と並んで教卓を横切って、黒板にかかる。扉を閉じると、廊下の気配が消えた。何から話し始めようか悩んでいると、ヒナタが聞いた。

「考える時間って、進路を決めるために？」

「うん。そう」

私は頷く。

「ようやく、自分がやりたいことがわかった。ちゃんと進路を決めるまでは、ヒナタに会うのが何だか、恥ずかしくて」

「さっき、先生に出してきたんだよね。進路調査票」

何て書いたの、と消え入りそうな声でヒナタが聞く。

「地方の大学に進学しようと思う……今までのようには、会えなくなるね」

「大学？　何を勉強するの？」

「とりあえず、社会学」

これにはあまり意味はない。今の成績で確実に入れそうなのが社会学部というだけ。

「嘘だよ」

ヒナタが唇を震わせる。

「嘘なんて言ってないよ」

「何年一緒にいたと思ってるの。ツキちゃん、本当はもっと遠いところに行くんでしょう。私、わかるよ」

鋭い指摘だったが、私は答えない。大学は周囲を満足させるために行くだけで、本当の進路は裏世界だなんて伝えても、ヒナタを混乱させるだけだ。

「どうしてなの。ツキちゃん、どうして急に変わっちゃったの。美術部もやめちゃって。私を置き去りにして……どこに行っちゃうの」

「ヒナタ」

「私、ずっとツキちゃんが憧れだったのに。それは、これからだって変わらないのに。私、私……」

その目から大粒の涙が一つ、零れた。慌てて両手で顔を押さえるヒナタ。しゃくり上げる背を、私はそっと撫でる。

「私、変わったんじゃないよ。そうならないために、こうしたんだ」

ヒナタの背は温かかった。柔らかい制服の手触り、そして奥に潜む背骨を指先に感じる。

「ヒナタもきっと、どこかではわかってるはず。私たちの関係がこのままじゃ、変わってしまうって」

ヒナタは現実世界で、私は裏世界で。別々の道を歩く時が来た。

「そんなこと……」

語尾はかき消えていく。ヒナタも否定し切れない。

「ずっと一緒にいられた、これまでが特別だったんだよ」

太陽と月のように違う二人だから。無理に一緒にいようとしたら、どちらかがどちらかに合わせなくてはならない。同情が、憧れが、嫉妬が、意地が、初めは小さな綻びであってもいつか広がり、決定的な崩壊をもたらすだろう。だから、今だ。

「ヒナタ、私があげたヘアクリップだけど」

「うん。ずっと、宝物だよ」

「悪いけど、返して」

「えっ？」

おでこを反射的に手で押さえるヒナタ。私は手を差し伸べる。

「もう、ヒナタはそれを外した方がいいよ。一生つけていくわけにはいかないんだから」

「嫌だ。そんなの……嫌だ。だって、それって、ツキちゃんと私が」

言いたいことはわかる。私はヒナタを安心させるために、はっきりと告げた。

「これからは代わりに、私が宝物にする」

ヒナタが手に込めた力が、ちょっと緩んだ。

「そんな安物のヘアクリップ、どうでもよかったけど。ヒナタがずっとつけていてくれたから、今は特別なものになったんだ」

そっとヒナタの額に手を触れる。そのままヘアクリップに指を当てた。メタリックピンクが夕陽を浴びて煌めいた。

「これさえあれば、いつでもヒナタを思い出せる。現実の世界であなたと過ごした時間の、確かにあった私の居場所の、証になる」

小指さんの言っていた「保険」だ。

裏世界を旅していると、少しずつ裏世界に染まっていくそうだ。現実世界がどうでも良くなって、帰ってこられなくなるのだと。望んでそうなるのなら、まだいい。しかし意に沿わずに取り込まれそうになった時に備えて、「保険」を用意しておくべきだという。

それは即《すなわ》ち現実世界を強烈に想起させる何か。執着、絆、心残り、何でもいいけれども、そういったものを纏《まと》った何かを持ち込む。全てがどうでも良くなっても、それさえ見れば現実世界に自分を引き戻してくれるように。

私にとっての「保険」は、このヘアクリップに他ならない。

「これがあれば、私はきっと帰って来られるから」

「ツキちゃんが。帰って、くる……」

ヒナタは抵抗をやめ、私がヘアクリップを抜き取るに任せた。私の手には使い込まれた、古びた安物のヘアクリップが、何年かぶりに返ってきた。

「ありがとう」

涙を拭いながら、嗚咽《おえつ》しているヒナタに呼びかける。

「ヒナタは素敵なパン職人になってよ。こっちのことは気にしないで」

あなたは竜の顔なんだから。みんなの手前、私の方ばかり向いてちゃいけない。

「私、どんなに遠くにいたって」

気づけば私も、涙声になっていた。

「あなたが作るパンが凄く美味しいって、わかってるから。祈ってるから。応援してるから。私にとって、ヒナタはいつまでも輝いてるから」

「ツキちゃん……」

「私も、いつまでもヒナタにとって、輝いている人でいたい。だから自分の道を行くんだ」

私の進路は前代未聞だ。裏世界を旅して回り、その先に何があるのか。何もないかもしれない。お金になるとは思えないし、職歴にもならない。だけどそんな他人の物差しが通用しない道こそが、私が胸を張って歩く道。ヒナタが憧れた、ツキちゃんの道だ。

「離ればなれになっても。私たちはずっと友達だよ」

ずっと友達でいるために、離ればなれになろう。

私はヒナタを抱きしめる。涙が、ヒナタの上にぽたぽたと落ちる。ヒナタがきゅっと体を縮め、私の腕の中に収まった。弱々しかったが、頷いているのがわかった。二人の涙が混ざって雨になり、教室の床を打っては、静かに染みこんでいく。

から、とヘアクリップが竜の牙から落ちた。私はそれを拾い上げ、土を払ってから握りしめる。

「お別れが済んだというわけか」

小指さんが片眉を上げ、私とオレンジポピーの竜の様子を窺っている。

「いい保険も手に入れたようで、何よりだ」

「私は裏世界に入り浸ったりしませんよ。友達がいる現実世界が、いつだって私の帰る場所です。これはあくまでも、万が一のためです」

小指さんがふっと笑う。

「皮肉な話だよ。現実が充実している人間の方が、強力な保険を手に入れる。現実から逃避する人間よりも、裏世界の深いところまで行けるんだろう」

ヘアクリップを手放したオレンジポピーの竜は、どこからどう見ても完璧な裏世界の竜になった。足取りは軽く、その花弁には覇気が漲《みなぎ》っている。

「さあ、早く」

まだこちらを振り返ろうとする竜を、私は手で促す。

もう躊躇《ためら》わなくていい。私の周りをうろついて、食べようと試みる必要もない。行け。迷いなんか捨てて、世界樹に向かって飛んでゆけ。

「君と一緒に行きたかったんだろう。同じ群体になって」

小指さんが口を挟む。そんなことはわかっている。

「私たちの友情は、そんなに安っぽいものじゃないんです」

にやりと笑って言ってやる。世界樹に行くために、己を犠牲にして大きなものの一部になるために、私たちは惹かれ合ったわけじゃない。それを証明するために、私たちは一つにならない。

オレンジポピーの竜がずしん、ずしんと大地を揺らして歩く。天から落ちる滝の脇を抜け、小川を乗り越えて、沼を離れて闊歩《かっぽ》する。小高い丘の頂上まで来た時、花びらを大きく広げて空に吠《ほ》えた。

数十のトロンボーンが一斉に鳴るような音に、草が震えている。

竜の背が、みきみきと音を立てる。銀色の毛が逆立ち、手足に血管が浮き上がる。腰のモンゴウイカが粘液を吐き出し、胸の黄色い球体は破裂した。

羽化。

背が割れ、クジャクの飾り羽を押しのけて、巨大な羽が姿を現わした。トンボのように透き通り、うっすらピンク色をした薄羽が四枚。初めは湿り、折りたたまれていたが、強い陽差しに当てられるうちに乾き、開いていく。私は思わず息を呑む。なんて力強いその姿。オレンジポピーが一瞬、こちらを見た。何が言いたいのか、私にはわかった。

――ツキちゃんがいなくても、私、やっていけるようになるね。だから、私たちはずっと――

「行け！」

私が叫ぶのと同時だった。

竜は地を蹴り、飛翔《ひしょう》した。

草が一斉に地に押しつけられ、木々の枝がしなる。強烈な風圧。モンゴウイカが、トカゲが、無数の花たちが、彼等をまとめるオレンジポピーが、一斉に体を躍動させ、ただ一つの目的に向かって力を合わせる。縒《よ》り合わされた群体の力は圧縮され、結実し、爆発的な揚力を生む。膨大な質量を有する竜が、あっさりと浮いた。一瞬太陽を遮ったかと思うと、そこからはあっという間だった。

空を竜が飛んでいく。遥か先の世界樹と一つになるために、真っ直ぐに。雲を越え、巨大な鯨たちの間を抜けて、虹のアーチをくぐって。

金管楽器に似た鳴き声を残して。

ヘアクリップを握りしめたまま、私はいつまでも手を振り続けた。

NO. 2 騎士と狼《おおかみ》——吉川浩太《よしかわこうた》の裏世界

私、堀川月子は女子大生になった。

それまで将来を何も考えていなかった娘が、「やりたいことがある」と切り出すと、両親は喜んだ。そうしてかろうじて関東圏内ではあるが、都心から二時間ほど離れた大学の社会学部に合格し、一人暮らしを許された。有り余る自由が手に入った。

家賃五万四千円、築十年にしては広くて綺麗なアパートの天井を見上げながら、私はぼうっとしていた。

暇だ。こんなに暇でいいんだろうか。

ここに引っ越してきてからというもの、やったのは大学の履修登録くらい。それも講義の番号をマークシートに記入して、教務課のボックスに放り込んだだけだ。

来週まで講義は始まらないし、バイトもサークル活動もするつもりはなし。この土日、何にもやることがない。時間を持て余し、昼は昼寝、夜は普通に寝て。窓の外で、桜ばかりが一生懸命咲き誇っていた。

敷きっぱなしの布団からむくりと起き上がり、枕元のペットボトルから水を飲んだ。空っぽになった容器を部屋の隅に置き、トイレに立つ。洗面台で自分の顔を見る。化粧もせず、眠そうで、だらしがない。アパートにずっといるからこうなのだ。コンビニにでも行こう、よし。と頷いたにもかかわらず、再び布団に倒れ込む。

全てが面倒くさい。もう少し寝よう。

そんな時、スマホがぶるんと震えた。誰かからのメッセージ。

「時間があれば、お茶でもどうだ」

てっきり母親かヒナタのどちらかだろうと思っていた私は、差出人の表示を見て跳び上がりそうになった。

小指さんからだった。

つくば駅の改札前、待ち合わせらしき人物は、何人かいた。友達や恋人を待っているのか、はたまた出会い系で知り合った相手か。それでも私ほど、変な待ち合わせ相手はいないだろう。

何しろ裏世界でしか会ったことのない相手なのだ。

その人は痩せた長身の体を柱の一つに寄りかからせて、ほとんどつむじが見えそうなくらいに俯き、一心に文庫本を読んでいた。帯にでかでかと書かれた文言によると、ベストセラーのファンタジー小説で、今度映画にもなるらしい。

安っぽくはないが、高級そうでもない、モノトーンの服装。その右の小指は、やはり外側に向かって曲がっていた。

実在したんだ。今さらながら、私は緊張し始めていた。

彼の顔色は青白く、頬がこけていて、顎の端に少しだが無精髭《ひげ》がある。眼差《まなざ》しは空虚で、どこか影があった。裏世界ではもっと生き生きと、目を輝かせていた気がするが。

「あの。小指さん、ですか……？」

おそるおそる声をかけると、相手はぱたんと本を閉じた。

「月子さんだね」

こちらを一瞥《いちべつ》する。気だるそうな表情。

「行こう」

小指さんはすぐに目を逸《そ》らす。珍しく気合いを入れて化粧をし、寝癖を直して、精一杯小綺麗《こぎれい》な服を着てやってきた私に、あっさりと背を向けた。

「あ、はい。ええと」

「こっちに喫茶店があるから」

歩きながら、小指さんはぽいと本を横に投げ出した。突然のことに目を見張る。文庫本はくるっと宙で回転すると、そのまま燃えるゴミ、と書かれた口に吸い込まれていく。ステンレスのゴミ箱が、がこんと揺れた。

「もう読み終わったんですか」

「いいや」

「つまらなかったんですか」

「たぶん面白いと思うけど、重いから捨てた」

何なんだ、この人は。

その間にも、小指さんは大股でどんどん歩いて行ってしまう。置いていかれないように慌てて小走りで後を追う。そして二人で一軒の喫茶店に入った。

洞窟のような店だった。

煉瓦《れんが》風の壁に、ランタン型の照明。オレンジの光が微かに揺らめく薄暗い店内。私たちは一番奥、緑色の椅子に向かい合って腰を下ろし、まるでドワーフのような、小柄で髭を蓄えた店主にそれぞれ飲み物を注文した。

「元気そうだな。現実の時間では一年ぶりくらいか」

不健康そうな外見の小指さんが、ぼそりと呟く。私は運ばれてきたオレンジジュースをストローで吸う。

「一年半ぶりです。結局、刑務所に収監も、全身麻痺で入院も、嘘なんですね」

しばらく小指さんはぽかんとしていたが、やがてああ、と頷いた。

「そんなことも言ったか。忘れていた」

「まあ、私を連れて行くという約束は忘れないでいてくれたので、嬉しいです」

「僕は約束は守る人間だ。裏切ったと思ったか？」

「いえ、信頼してましたよ。思ったよりも早く連絡が貰えたと感じてます。それにあれから受験勉強で忙しくなりましたから。合格してからも物件探しとか、色々とありまして。やっと落ち着いたところなので、ちょうど良かったです」

「ふむ。で、決心は変わらないのか」

小指さんは注文した珈琲《コーヒー》に口もつけず、ただ水を飲んでばかりいる。

「変わりません。色んな裏世界を見て回りたいです」

「そう」

私の瞳の奥を一瞬確かめ、彼はすぐに目を伏せた。

「それを聞きに、わざわざ会いに来たんですか」

「いいや。例の保険は持ってきてるな。友達のヘアクリップだったか」

「え？　はい」

私はポケットの中をまさぐる。確かにメタリックピンクのヘアクリップがある。肌身離さず、持ち歩いている。

「実は君の言う、気まぐれが起こってね。温かくて甘い春の陽気のせいかな。どこか退廃的で、命の営みが煩わしくて、前向きになれず、億劫《おっくう》で、芯から腐っていくようだな……」

小指さんはすっと右腕を突き出した。色は白いが節くれだっていて、血管が浮き出たその腕。

「要するに今日は、誰かと裏世界に行ってもいい気分なんだ。どうだい？」

いきなりか。テーブルの上に置いたままの私の腕に、小指さんの指先が触れる。ぴりっと、電気が走ったような気がする。私は震える声で答える。

「もちろん、行きます」

「よし」

小指さんはつまらなそうな顔で、私の手首を優しく握っていく。肌と肌の接触する面積が増えていく。彼の掌は太陽のように温かい。

「他人を他人の裏世界に連れて行くには、現実世界で会う必要があってね」

「そうなんですか。私の裏世界から、誰かの裏世界に行ったりはできないんですか」

目を閉じてリラックスして、と囁《ささや》かれる。私は言われたとおりにした。ただそれだけなのに、喫茶店に流れているジャズが遠ざかっていく気がする。代わりに握られた手首が熱を持ち、私の全身へと広がっていく。

「君が考えるほど、物事は単純じゃない」

暗闇の中を、小指さんの声だけが響く。

「裏世界は心の中だ。つまりあの空間全てが君の心なのであって……草原を踏み、鯨を見上げていた君は、心の一部でしかないんだ。心の一部だけを、違う心に連れて行くことはできない。いや、できるけれど、それは君の心を引き千切るようなもの。互いにとって危険すぎる。だからこうして、丸ごと連れて行くのさ。君の心と僕の心を同調させて、いっしょくたに飛ばす。ああ、君がその少ない脳味噌で色々と思考を巡らせる必要はない、僕に身を任せていればいい。どうしても何かしたいというのなら、せいぜいヘアクリップだけは手放さないように……」

語尾は消えた。握られた手首から伝わる小指さんの体温が、少しずつ広がって、やがて私の全身を覆い尽くしていく。あの懐かしい、自分の輪郭が溶けて消えるような感覚が私を襲った。

「初めは少し、酔うぞ」

私の内側から、小指さんの声が聞こえた。

自己を拘束する皮と肉から解き放たれて、自由になった心が溢れ出し、無尽蔵に膨らんであたり一面に満ちる。そして世界は反転した。

†

吉川浩太はトイレを出たところで、ふと奥のソファに目がいき、ぎょっとして立ちすくんだ。だがすぐに気を取り直し、軽く髪をいじりながら自分たちの席へと戻る。

「おかえり」

村澤祐子《むらさわゆうこ》が、大きな瞳を瞬かせて頷く。彼女を見るたび、浩太は思う。まるで違う世界の生き物のようだ。ふわふわした薄茶の髪も、しっとりとした桃色の肌も、切ないくらい微かに浮き出た鎖骨も、漂ってくる甘い香りも。

「浩太君、どうかしたの？」

鈴の鳴るような可愛らしい声も。

「え、何が？」

顔が赤くなるのを誤魔化そうと、浩太は冷静を装って座り、飲みかけのレモンジュースをすすった。

「戻ってくる途中、何かに驚いてたみたいだから」

「あ、ああ」

浩太は喫茶店の奥を顎で示す。

「あそこの席のカップル、異様な雰囲気でさ。男が女の手首を握って、二人とも目を閉じて俯いてるんだ。瞑想《めいそう》しているみたいに、ずっとそのままなんだよ」

村澤が目を丸くする。

「私たちと同じ大学生だよね、きっと」

「さあ。男の方はもう少し年上っぽいけど。白昼堂々、よくやるもんだよ」

わざと呆《あき》れたように言い放つ。村澤はこくりと頷き、少し恥ずかしそうに浩太の方を見た。ほのかに赤く染まった頬が色っぽくて、浩太は慌てて咳払いする。

「付き合い始めたばかり、なのかも」

「そ、そうかもな」

「私たちと一緒だね。浩太君」

「おう……」

何と言っていいかわからず、浩太は短髪の頭をがりがりとかいた。村澤がテーブルの上に置いた手を組み替える。白い指が光の煌めきのように眩しかった。ほんの少し先。その気になって手を伸ばせば、触れられる距離である。浩太の指が震えた。

しかし己の腕を曲げ、腕時計を確かめるだけにした。

「もう少しだな、時間」

財布の中から、映画のチケットを出して確かめる。

「そろそろ行こうか。余裕があった方がいいし」

「うん、そうだね」

頷いてから村澤が、アイスティーの残りを飲み干す。その間に浩太は素早く伝票を取り、財布を持ってレジへと立った。

「あ、浩太君。ごめんね」

「いやいや、払わせてよ」

申し訳なさそうに眉を八の字にしている村澤。男として正しく振る舞えている、はずだ。ほくそ笑みつつ、浩太は手早く会計を終えた。

†

いつもだったら、体の輪郭が消えてすぐに、私は裏世界にいる。どうどうと滝の音が聞こえ、草いきれが漂ってくる。

しかし今回は違った。ただ、闇を落ち続けていた。いや上昇し続けているのかもしれない。あるいは横に流されているのかもしれない。わからないが闇の中、深い方へ濃い方へ、吸い込まれていく。

体中がぞわぞわした。細胞の一つ一つが勝手に動き始める。自分が虫の集合体になったよう。吐き気がする。が、吐けない。ただ気持ち悪さだけが煮詰まり、出口を求めて体中を駆け巡っている。瞼の裏で虹色の光がどきん、どきんと明滅する。

いつまで続くのだろう、これは。初めは少し酔うと言っていたが。他人の裏世界に入ると、こんなに気持ち悪いのか。

何とか正気を保っていられるのは、小指さんに摑まれた腕の感触のおかげだった。焼けるように熱くて、溶接されているみたい。その刺激を頼りに、私は歯を食いしばって不快さに耐えた。

「着いたよ」

気がつくと、椅子に座っていた。

「あ……」

向かい側には小指さんがいる。細胞のざわつきも、吐き気も、嘘みたいに消え去っている。私たちは出発した時と同じように、喫茶店の中にいた。

しかし、世界は滅んでいた。

あたりを照らすのは緑色の非常灯だけ。それも端子が弱っているのか、光は明滅を繰り返すばかり。煉瓦柄の壁紙は剝がれ、コンクリートの壁はひび割れている。飛び出した鉄骨に、びりびりに破れたカーテンが引っかかっている。照明は落ちて割れ、床はガラスの破片だらけ。テーブルにはうずたかく埃が積もり、脚は腐ってカビが生えている。人の気配はなかった。
「椅子、体重をかけない方がいい。ひどくもろくなってる」
小指さんがそっと立ち上がる。すると、彼が座っていた椅子の脚が折れ、そのまま
ばらばらと崩れ落ちた。私も慌ててお尻を浮かせる。こちらの椅子は、ぐにゃっと歪《ゆが》
んで横倒しになる。錆び付いたネジが力なく落ちた。ふと、置かれたままのコーヒー
カップを覗き込む。灰色の砂がびっしり詰まった中に、エノキダケに似た茸《きのこ》が一本、
生えていた。
「なるほどね、なるほど」
小指さんは機敏な動きで、あちこち観察して回っている。現実世界とは打って変
わって元気だ。目はらんらんと輝き、にやにや笑っていた。
「外に出てみよう」
軋む扉を二人で押し開け、喫茶店から出る。
ばさっ、とビニールの庇《ひさし》が足元に落ちてきた。
外もまた暗い。夜の駅前繁華街。街灯はついていないが、いくつかの電飾看板が淡
い光を発している。
「廃墟だな」
枠だけになった窓。横倒しの自転車。散らばった空き缶にペットボトル。歩道のタ

イルはでこぼこ、隙間からはみ出した土に苔が生えている。私は頭上を見る。

「星一つない夜空ですね」

小指さんが苦笑した。

「よく見ろよ」

「え？」

目を凝らして、ようやく理解した。星一つない、どころではない。空は塗りつぶしたような黒、いや灰色だった。重く、のしかかるように広がっている。

「ひっ」

私は思わず尻餅をついてしまった。その「空だと思ったもの」から、少しでも距離を取りたかった。破れたビニール傘を拾い上げ、小指さんが天に向ける。先端が当たり、こつんと音を立てた。

「コンクリートだ」

街が、埋め尽くされていた。ビルの二階、窓の半ばあたりから上が全て灰色のコンクリートに飲み込まれているのだ。それだけで、街は異様な世界に様変わりしていた。

どんな標識を掲げていたのかわからないまま、乱立している白い柱。下半分だけ見えている歩行者用信号機。「ック　健康診断受付中」「ーめん吉池」など、文字の途切れた看板。葉や枝をコンクリートに突っ込んだままの街路樹、コンクリートからぶらんと垂れ下がり、弧を描いて再びコンクリートに戻っていく送電線。

天井があるのと同じだといえば、そうかもしれない。しかし開けていたはずの空間が固形物で占められている様には、何とも言えない圧迫感がある。

「このコンクリート、ずっと続いているんですかね」

小指さんは私の質問に答えなかった。

「一体ここは誰の裏世界――」

その代わり、天井を見上げたままぼそりと呟いた。

「何だろう」

彼が顎で示したあたりに、真新しい傷跡があった。のっぺりとしたコンクリートに、鋭い爪で引《ひ》っ掻《か》いたような線が四本、残っている。

「獣でしょうか」

「あの高さに傷をつけられる獣……」

小指さんに肩車されたって届かない高さ。近くに登れるような木はない。さらに傷は車の轍《わだち》のように幅が太く、長かった。

「恐竜みたいなサイズってことになるな」

私は改めてあたりを見回した。荒れ果てた花屋。店内はめちゃくちゃに破壊され、数十個の植木鉢がひっくり返り、向かい側の靴屋にまで中身が飛び出している。自然に風化してあんなふうになるだろうか。何かが暴れたのかもしれない。

「ただの廃墟じゃないな」

小指さんが声のトーンを落とした。私も息を潜める。

私たち以外の呼吸音が、かすかにどこかから聞こえてくる。

†

吉川浩太は、スクリーンに映し出されたエンドロールを眺めてため息をついた。

下調べしておいたとおり、映画はまあまあ面白かった。主人公は冴《さ》えない煙突掃除人。正直で、無欲で、虫一匹殺せない優しい男だが、ひょんなことから貴族の令嬢とお近づきになってしまう。住む世界の違う二人だったが、互いの心は通じ合い、少しずつ絆を深めていく。令嬢の婚約者に嫌味《いやみ》を吐かれ、令嬢の両親にも反対され、恋は潰《つい》えると思いきやそこから怒濤《どとう》の展開、逆転のハッピーエンド。二人は熱く口づけを交わすのだった。

浩太は思う。めでたしめでたし。で、その後はどうなるんだ。善人を絵に描いたようなあの男も、やがては令嬢をベッドに連れ込むのか。あんなに清潔で純粋な二人は、どんな顔をして行為に及ぶのか。別に映画にけちをつけたいわけでもないが、ただ想像がつかなくて、教えて欲しいと思った。

　ふと隣の様子をうかがう。

　村澤祐子は余韻に浸っているようだ。その目は潤み、口は半開きになっている。楽しんでもらえたらしい。

　上映は終わった。照明がつき、客たちが立ち上がり始めた。

「行こっか」

　浩太はポップコーンと飲み物の容器を、二つとも取る。

「あ。ありがとう。ごめんね」

「いいって。持たせてよ。それよりお手洗いは大丈夫？」

「うん」

　ゴミ箱に空の容器を捨てて、感想なんかを話しながらエスカレーターへと歩いて行く。外はもう暗くなっていた。喫茶店にでも行くか、夕飯をどこかで食べるか。村澤の様子を見ながら考えていた時、ふと声をかけられた。

「あれーっ。吉川じゃん！」

　ひょう、と嬉しそうな声。振り返って、思わず溜め息をつきそうになる。嫌な奴に見つかった。

「何々、村澤まで一緒に。お前ら、付き合ってたの？」

剣道部で一つ先輩の、広池正樹《ひろいけまさき》であった。茶色く染めた短髪をいじりながら、馴れ馴れしく近づいてきて、浩太の肩に腕を回した。

「いやー、驚いたなあ。お前、うちは部内恋愛禁止だってわかってる？」

「せ、先輩だって、デートじゃないですか」

腕を振り払い、浩太は広池先輩の横、少しぽっちゃりとした女性を見る。しかし笑い飛ばされてしまった。

「馬鹿、俺はいいんだよ。みーちゃんとはバイト先で出会ったんだから。あくまで部内がまずいって話」

どうも、みーちゃんでえす、漫画喫茶でバイトしてまあすと女性が笑った。黄色い出っ歯が見えて、また引っ込んだ。

「気をつけろよ。去年、マネージャーとこっそり付き合ってたのがバレた奴は、居づらくなって退部したからな」

「あの、みんなには黙っててもらえますか」

広池先輩が細い目で、いやらしく笑った。

「わかってる、わかってる。これでも口は堅いんだって。しかし吉川が村澤となあ。一番奥手そうだと思ってたのに、お前、やるもんだなあ」

ばんばんと背中を叩《たた》かれた。何と答えたらいいのかわからず、浩太は曖昧に笑う。

ふと横を見ると、村澤も恥ずかしそうに顔を赤らめ、俯いてしまっていた。まるで悪事が露見したよう。ただ好きな人と一緒にいたいだけなのに、どうしてこんな思いをしなきゃならないんだ。

恋の障害は多い。気づかれないようにそっと、浩太は舌打ちをした。

†

小指さんと一緒に、私は廃墟を歩いていく。なるべく足音を立てないよう、静かに。

「もし、ですよ。裏世界で危害を加えられたら、どうなるんですか」

相手はふむ、と頷いてしばし考え込んだ。

「一概には言えないな」

「死ぬ、なんてことは……」

「肉体的な損害を被ることはない」

ほっとしたのも束《つか》の間《ま》、さらりと彼は付け加える。

「精神的なものだけだ。とはいえ記憶が破壊されたり、思考が消滅したり、それくらいはあり得る。場合によっては、死んだ方がましだろう。まあ、そんな判断すらできなくなっているかもしれないが」

血の気が引くのを感じながら、私はポケットの中でヘアクリップを握りしめた。いざとなったら、すぐさま脱出しよう。小指さんは私の緊張などよそに、好き勝手に裏世界を見物している。私はあたりを警戒しつつ、後についていく。錆臭い水たまりを踏むと、ぱしゃんと音がした。

「あっ、このお店……」

見覚えがある。引っ越しの手続きの際、通りかかった服屋だった。あまり他では見ない、ゴシックな服が置かれている。しかし、やはり廃墟と化していた。ショーウィンドウは粉みじんで、店内にマネキンが倒れている。

何気なく近づいて、中を覗き込んだ時だった。視界の端、試着ブースの物陰で何かが動き、煌めきが走った。急に時間が遅く感じられた。針のように尖《とが》った先端が、獲物を狩る猛禽《もうきん》のごとく近づいてくる。正確に、私の左胸を狙って。

殺意。

考えるより先に本能が理解し、慌ててポケットの中に手を突っ込んだ。だが、ヘアクリップを握りしめている時間がない。全身が総毛立つ。ここで、死ぬ――

しかし、私の心臓に向かって放たれた尖ったものは、突き刺さる寸前でぴたりと動きを止めた。

「ああ、失礼しました」

店内から優しげな声がする。

見ると、私とさほど年の変わらなそうな青年が微笑んでいた。手にしているのは銀色の、針のように細い刺突剣。革製らしい濃い茶色のズボンとシャツ、そしてベストを着ている。胸元には紐《ひも》の留め具があり、襟と袖のあたりに、手の込んだ刺繡《ししゅう》がなされていた。中世ヨーロッパ人のような、古風な服である。

どうやら死なずに済んだらしい。どっと全身に汗が流れ出してくる。

「まさか、僕たちの他に人がいるとは思わなかったもので。無礼をお許しください」

青年は頭《こうべ》を垂れると、さっと慣れた動作で剣を返し、銀色の鞘《さや》に収める。それから背後に声をかけ、優しい手つきでカーテンを開いた。

「大丈夫だよ。狼じゃなかった」

試着室の中から、一人の女性が姿を現わした。やはり年齢は私と同じくらいだろう。身に纏っているのは刺繡のあしらわれたドレス、薄茶色の髪には金のティアラ、指にはきらりと赤と青の宝石が光っている。怯《おび》えた目をした彼女の白い手を、青年がそっと取って導く。慈愛に満ちたその眼差し。私は思わず心の中で呟いた。

お姫様と騎士。

絵本に出てきそうな二人であった。

「ところであなた方は、ここで何をされているのですか」

柔らかい口調だったが、騎士はさりげなくお姫様との間に立ちはだかり、いつでも剣を抜けるよう腰元に手を当てている。小指さんがほう、と興味深げに笑った。

「僕たちは旅人だ。遠い所から、見物しにやってきた」

「へえ。それはまた、物好きな」

「君たちには、ここが裏側の世界だという自覚はあるのかな」

「……仰《おっしゃ》る意味がわかりませんが」

「ふむ、自覚なしのパターンか。まあ大抵はそうなんだが、確認しておくと後が楽なんでね。よろしい。ところで君たちこそ、ここで何をしているんだい？」

「二人でいつまでも幸せに暮らせる場所に行きます」

騎士は、おとぎ話の登場人物のような台詞を、にこやかに言った。

「何だ、そのふわっとした概念は」

「どこかにあるのは、間違いないんです」

「行ったことはないのか？」

小指さんは首を傾げる。

「まだ、ありません。でも行けば、そこがそうだとわかるでしょう」

「どこにあるんだ」

「この迷宮を抜けた先です」

コンクリートに天を覆われ、廃墟と化した街を騎士は仰いだ。

「難儀そうな旅路だな」

「ええ。ただ、問題は迷宮そのものではありません。敵がいるのです。道を阻む、恐るべき障害です。それは闇と共に現われ、鋭い爪と牙で僕たちを引き裂かんとします。実に執念深く狡猾《こうかつ》なやつで、何度引き離しても、必ず追いついてくるのです」

「必ず追いついてくるのです」

騎士の後ろから、お姫様が悲しげに呟いた。

「……敵？」

思わず周囲を見回してしまう。青年は頷く。

「そろそろ現われる頃だと思いますよ。臭いがしてきました」

ごぽごぽと、泡立つような音が聞こえ始めた。街中の下水が一斉に沸騰しているかのような気配。目の前のビルから飛び出した排水パイプが、えずくように二、三回、濃い赤錆色の水を吐き出した。

「何、この臭い」

私は思わず鼻と口を押さえた。

たとえるなら、卵かけご飯。炊きたてで蒸気を上げているご飯に、艶やかな黄身を落とし、箸で割った時に似ている。しかしあんなに香ばしくはない。もっと奇怪で、不潔な印象だ。臭いはどんどん濃くなる。薄い錆色のもやが、あたりに満ちていく。

「姫、下がってて」

騎士は一歩前に出ると、すらりと刺突剣を抜いて構えた。鋭い目で路地の先を見据える。

「いつもと同じだ。いざという時は僕を置いてでも逃げるように。いいね、姫」

「おいおい、何か茶番が始まったぞ。面白くなってきたじゃないか、月子さん」

小指さんはそう言ってほくそ笑む。完全に見物の態勢に入っている。顎をいじりながら、リラックスして壁に寄りかかり、全くの他人事だ。一方の騎士は、ただ目の前に集中していて、言葉など耳に入っていないようだった。

お姫様が祈るように両手を合わせて目を閉じ、震え始めた。私はどうしたらいいのかわからなかった。とりあえず彼女の肩を、そっと抱いてやった。

†

吉川浩太は、村澤祐子の口元を見ていた。ピンク色の唇が、よく冷えたティラミスを上と下から抱え込み、ひょいと飲み込む。

「あ、これ美味しいよ」

顔を上げた村澤と正面から目が合う。見とれていたと気づかれただろうか。浩太は咄嗟に自分の皿に目を落とした。

「俺のもなかなかいいよ。半分こする？」

「いいね、しようしよう」

浩太はプリンにナイフを入れ、慎重に半分に切り分けると、ひょいと村澤の皿に載せた。代わりにティラミスを貰う。

「こういうのが、恋人同士のいいところだよね」

村澤が嬉しそうにしていた。恋人同士、そう恋人同士だ。俺たちは今、男と女でご飯を食べている。ずっとこういう関係になりたかった。部活の休憩時間に水のペットボトルを配って回る村澤と、二人きりになりたかった。試合中、みんなに向かって応援の声を振り絞っている村澤に、自分だけを見ていて欲しかった。

春休みに思い切って気持ちを打ち明けたところ、村澤も昔から浩太が気になっていたと聞き、小躍りした。二人の付き合いが始まり、こうしてデートができている。満足で、幸せなはずなのに。

デートのたびに、焦りで心が沸き立ってくるのが不思議だった。近づくほど、恋の炎が燃え上がるのだろうか。

「そろそろ帰らなきゃ」

だから、村澤が腕時計を見てそう言った時、浩太は寂しくなった。

「門限があるんだっけ」

「うん。父親がうるさいの。今日だって、女友達と映画見るって言って、やっと出てこられたくらいで。土日くらい家族と夕食を食べろっていうんだ」

村澤は何も悪くない。だけど、浩太は不機嫌になっていく自分を抑えられなかった。

「女友達って何だよ。俺と付き合ってるって、胸張って言えないの？」

「え、そういうわけじゃないよ」

村澤は目を丸くする。

「じゃあ何だよ。俺は真剣に村澤のこと想《おも》ってるのに、そっちは」

「違うよ。うちの父親って難しいから、タイミング見て言いたいだけ。怒らないでほしいな」

「……そっか。なら、いいんだけど」

白けた空気が流れた。

甘かったティラミスが、今はやけに脂っこい。本当は彼女の父親などどうでも良かった。もう少し一緒にいたいのに、相手が帰ると言い出したのが不満だっただけだ。

会計を終えて、夜の街を二人で駅に向かって歩いて行く。車道側を歩き、終電を逃させるつもりはない、とアピールするために時折腕時計を確かめながら、浩太は何とも言えない居心地の悪さを感じていた。

俺はただ、村澤と一緒にいたいだけなのに。

妨害するものが多すぎる。お調子者の先輩だとか。門限だとか。終電だとか。どうしてよその都合に振り回されなくてはならないのか。煩わしいもののない、どこか遠くに行きたい。二人でいつまでも幸せにいられる、異国の地にでも……。

「じゃあ、今日はありがとうね」

村澤が振り返って言った。はっと我に返り、浩太も笑顔を作る。

「また誘うよ」

「うん」

行くな、と村澤の体を抱きすくめたい。だがそこまでの勇気が自分の中になかった。浩太は力なく手を振った。

改札を通った村澤は一度頭を下げると、そのままエスカレーターに乗り、スマホを見ながらホームへと上がっていく。後ろ姿をずっと見ていたが、もう村澤は振り返らなかった。

代わりに「ありがとう。大好きだよ、浩太君」と、メッセージがスマホに届いた。

†

べちゃ。

粘性の液体を踏む音が、八百屋の向こう側から聞こえた。騎士が剣先を向け、フェンシングのように構える。私と小指さんはただ、彼の背後で様子を見ているだけだ。

べちゃ、べちゃ。

音は続く。気づくと、さっきまでの泡立つような音はいつの間にか消えていた。その代わり、荒々しい息づかいが聞こえてくる。鼻をつく異臭は獣の体臭か、あるいは口臭か。足音と共に、強くなる。

もやをかき分けて現われたのは、黒い狼だった。

でかい。頭だけで乗用車ほどもあり、路地を窮屈そうに抜けて近づいてくる。絨毯《じゅうたん》のような耳、大木のような前腕。真っ赤に光る丸い目が、顔の左側に三つ、縦に並んでいる。赤だけが三つ点灯する信号機のよう。耳まで裂けた口からだらしなく長い舌を垂らし、鋭い牙は涎《よだれ》で濡れている。体は貧相なくらいに細く、あばらが浮き出ているが、下半身には強靱《きょうじん》そうな脚と、太い尾が繋がっていた。尾の先はそっくり闇に溶け込み、どれだけ長いのかわからない。無駄な脂肪のない筋肉の塊。獣は暴力を具現化したかのように禍々しく、また美しかった。

狼が、くいと頭をもたげた。重みを感じさせない、しなやかで優雅な身のこなし。

その弾みでコンクリートから垂れ下がっている電線が、ぶちぶちと千切れる。

あうおぉぉぉ………………ん。

赤子が甘えるような鳴き声を上げてから、赤い瞳がこちらの姿を捉える。威圧感に押し潰されそうだ。私は足がすくんで動けない。

「化け物め。かかって来い」

騎士は気圧《けお》されていなかった。か細い刺突剣を向け、小刻みに振りながら、懸命に挑発している。狼は身を揺さぶり、微かに笑ったように見えた。

次の瞬間、すぐ隣で爆発のような衝撃が走り、一瞬意識が途切れた。

ああ。私はきいんと震えたままの鼓膜と、ぼやけた視界の中で理解する。狼が目にも留まらぬ速さで飛び掛かってきたのだ。店内には砂ぼこりが立ち込め、千切れたマネキンの首が転がっている。棚に積まれていた服も、段ボールも、何もかもめちゃくちゃだ。そして目の前で、真っ黒な太い足が、試着ブースをぺちゃんこに踏みつぶしていた。何という破壊力だ。血の気が引く。

お姫様は？　騎士は、どうなった？

お姫様の白い手は、すぐに見つけ出せた。服の山に埋もれている。私は彼女の手を摑んで引っ張ったが、抜けない。どうやら倒れてきた商品陳列棚に足が挟まっているようだ。私は棚を押し返そうとしたが、強烈な悪臭に顔をしかめた。振り返ると、かぱと開かれた大顎が、ずらり並んだ鋭い牙が、店の入り口の方からショーウインドウを砕いて迫ってくるところだった。

「姫！」

一閃《いっせん》。窓から鷹《たか》のように飛び込んできた騎士が、獣の鼻先を横から突いた。狼がうめき、身をよじらせて後退する。騎士が素早く肉から刺突剣を引き抜くと、黒い血が散った。返り血を浴びた顔で、騎士が叫ぶ。

「お怪我はありませんか。立てますか。ここは僕が相手をします、逃げて下さい」

会話をする間もなく、狼が巨大な前腕を振り下ろした。騎士が間一髪で身を翻すと、腕は床を叩きつけ、店舗全体を揺らした。床にヒビが入り、柱が崩れ落ちる。

このままじゃ、殺される。私は無我夢中で陳列棚を押しのけ、何とかお姫様を助け起こした。蒼白《そうはく》な表情のお姫様が、悲痛な目で騎士を振り返る。

「早く行って！　姫を頼みます」

騎士は一瞬私の目を見てそう言うと、すぐさま舞い上がる砂煙の中に飛び込んでいった。狼の爪が空を切る音。衝撃と震動。激しい戦いが始まったようだ。店内の照明やら棚やらがあちこちに吹っ飛ぶ。あまりにも規格外の暴力だ。一撃でもかわし損ねたら、簡単に首から上がなくなるだろう。姿が見えなくなってしまった騎士は、まだ生きているのだろうか。ただ震えているばかりのお姫様を抱き留め、私は叫んだ。

「先に行ってるからね！」

あたりには轟音《ごうおん》が響き、聞こえているのかわからない。それでも声を上げ続けた。

「この街、私、知ってるから。マクドナルドの横を……いや、ええと。来た道を、右に向かって。すると商店街を抜けて、坂があって、右手に公園があるから。そこで待ってる、ちゃんと来てよ！　死なないでよ」

「わかりました！　姫を任せます」

確かに騎士の返事があった。金属が激しくぶつかり合う音はひっきりなしに続き、時折猛烈な風が吹き、床が揺れる。

「行こう」

私はお姫様に告げ、手を引いた。

「ふーん」

人ごとのような声。見ると、小指さんだった。

「こりゃ、巨人と蟻の戦いだな」

悠然と瓦礫の上に座り、脚を組んで傍観している。どうしてこの状況で、落ち着いていられるのか。しかし問いただしている余裕はない。私は振り返らず、走り出した。

†

男には、騎士のように戦わなくてはならない時がある。

敵の正体がわからなくても、なぜ襲われるのかわからなくても、そいつが敵であるというだけで、そいつが自分の大切な人を傷つけようとしているだけで、剣を持ち、ふるうのだ。

「こっちだ」

僕は、鼻をひくひくさせている狼に呼びかけた。

「こっちを見ろ。そうだ、お前の相手はこっちだ」

体が軽い。興奮した血が全身を駆け巡る、その熱がかろうじて僕を抑えている。今にも逃げ出しそうな足を、鳥肌が立ちそうな体を、気が遠くなりそうな頭を、ぎりぎり戦闘態勢に留めている。

狼がこちらを向いた。窮屈な屋内で、その巨体を揺すっている。頭は天井に届き、身じろぎするたびに黒い逆立った体毛が、針金のごとく壁を削っている。怪物め。こいつに比べりゃ、森の狼なんて可愛いものだ。

縦に三つ並んだ赤い目が、宝石のように煌めいた。赤い口が禍々しく開く。一本一本が僕の腕ほどもある牙が、涎で濡れて黄色く光っている。強靱そうな顎の奥で、柔らかい喉が震えるや否や、狼は咆哮《ほうこう》した。

天が落ち、地が割れるかと思うほどの音量。体が粉みじんになって吹き飛ばされそうだ。僕はたった一つの武器、細くて軽い刺突剣を握りしめ、もう片方の腕で目をかばい、足の指一本一本に力を込めて踏ん張った。冷たい汗が流れて止まらない。

まともに戦って勝てる相手じゃない。力の総量が違う。流れる血の量も、それを送り出す心臓の強さも、蓄えた膂力《りょりょく》も、何もかも桁が違う。そんなことはわかっている。

だけど、僕は戦わなくてはならないのだ。

ぴんと立った三角の耳は右側がこちらを向き、左側はどこかよそに向けられている。どちらを襲うか迷っているのだろう。即ち僕か、姫か。

「おい、かかって来い！」

僕はありったけの声で挑発する。だが、狼はそっぽを向いた。そして嫌らしい笑みを浮かべ、口から涎を垂らしている。

考えるより先に、足が動いた。まっしぐらに懐に飛び込む。狼が前腕を振りかざした。寒気を覚えるその威力、当たれば即死だろう。とっさに体をひねり、狙い澄まして刺突剣を振るう。しなりをきかせて、先端を奴の鼻先に叩き込む。当たれ。

「グオッ」

命中した。分厚い皮を貫いた手応え。手首を返し、慎重に引き抜く。幸いにも刺突剣は折れずにすんだ。赤黒い狼の血が飛ぶ中を、必死に後ずさって距離を取る。

「お前の相手はこっちだ」

僕は繰り返した。命を賭して飛び込み、何とかかすり傷を与える。割に合わない？

いや、これでいい。姫さえ生き残れば僕の勝利なのだから。

「先に行ってるからね！」

砂煙の向こうから声が聞こえた。さきほど会ったばかりの男女二人組か。旅人だと言っていたが、ほとんど荷物も持っていなかった。一体どこから、何をしにやってきたのか。

余計なことを考えている暇はない。

狼の殴打が繰り出された。一本一本が剣のような爪。全力の横っ飛びで避ける。勢い余って戸棚に突っ込み、顔と胸をしたたか打った。目眩《めまい》をこらえて起き上がり、ふらつく足で駆け出す。手にはまだ、剣の握りが感じられた。放してなるものか。

「ちゃんと来てよ！　死なないでよ」

「わかりました！　姫を任せます」

僕は叫ぶ。

さらに狼の攻撃が続く。しつこい奴だ。みるみる爪が視界の中で大きくなっていく。今度は避けられない、腹に大穴を開けられる。僕は歯を食いしばり、痺《しび》れる指で刺突剣を振るった。狙う場所が肝心だ。こんな細い剣、毛皮で簡単にはじき返されてしまう。狼の頑丈そうな指の爪、その付け根を目がけ、切っ先を走らせる。

ずぶり、狙い通り突き刺さった。

狼が苦しそうに声を上げた時、がんと頭に衝撃が走り、目の前がちかちか瞬き、刺突剣を手放してしまった。どろっと生温かい液体が顔に流れてきた。狙いはそらしたが勢いを止めるには至らなかったのだろう、一撃食らってしまったらしい。左手で側頭部を押さえるも、後から後から血は噴き出てくる。

髪の毛がない。表面はぬらぬらとしていた。頭皮ごと、持って行かれたらしい。ちらりと脇を見ると、耳たぶが皮と一緒に転がっていた。興奮しているせいか、熱い震えを感じるだけで痛みはない。

くそっ。こんなものいくらでもくれてやるから、そいつを返してくれよ。

僕は恨めしく思いながら狼を見上げた。やつの指には刺突剣が突き刺さったままだ。あたりに姫の姿は見当たらない。旅人と一緒に、逃げきったらしい。

思わず笑いがこみ上げてくる。まあ、いい感じじゃないか。

「捕まえてみろよ」

僕は狼に告げ、駆け出した。怒号に似た雄叫《おたけ》びの後、足音が迫ってくる。

姫さえ安全な場所にいてくれれば、こちらも思いきった行動が取れる。うまいこと狼を撒いて合流するなり、地形を利用して封じ込めるなりすればいい。あの旅人たち、名前も知らないが、もしかすると神が遣わした救いの手ではないか。

店を出て路地を直角に曲がり、狼の突進をすんでのところで避ける。階段を上り、坂を下り、適当な建物に飛び込んで裏口から出る。狼はどこまでも追いかけてきたが、あちこちに体をぶつけて苦しいはずだ。図体《ずうたい》のでかいあいつよりも、小回りのきくこちらの方が有利だ。

頻繁に方向を変え、開けた空間に出ないように注意しながら、僕は走る。足を止めずに上着を脱ぎ、これ以上血が流れないよう、包帯代わりに頭に巻き付けた。

どれだけ走っただろうか。

僕は建物の一室に逃げ込んでいた。薄暗い中を漁《あさ》っては、武器になりそうなものを探す。重石《おもし》が左右につけられた金属棒や、割れた鏡がいくつか目についた。金属棒を持ち上げようとしたが、振り回すには重すぎてやめた。代わりに鋭く尖った鏡の破片を手に取り、持ち手に布を巻いた。これで即席のナイフになる。

狼は、今どのあたりにいるのだろう。こちらを見失ったかな。狭い道ばかり選んで走り抜けたから、かなり引き離したと思うが。

自分の荒い息遣いだけが聞こえる。今頃になって傷口が気になってきた。心臓が脈打つたびに痛みもパルスを刻んでいる。何だか寒くなってきた。気が遠くなりそうだ。

「しっかりしろ」

自分に言い聞かせる。

「あいつを倒して、姫と一緒に行くんだ。楽園に向かうんだ。旅人が手を貸してくれる。今度こそ、うまくいく」

今度こそ？　自分の言葉が引っかかった。今度こそということは、これが初めてではないのか？　そうだ、これまで何度も何度も、あいつと戦い、敗れてきた。手も足も出ず、姫を逃がすだけで精一杯だった。そんなおぼろげな記憶がある。

でも、これまでの僕はどうなったんだ。敗れて、傷ついて、怪我をした僕はどこに行った。敗北は死を意味するだろうに、どうして僕は今、ここで生きている。

あれ？

これ、何度目だ？

手が、微かに震えた。

やばい。来る。考えがまとまっていないのに、狼が来るのがわかる。泡立つ音があたり一面に広がり、錆と腐敗物を交ぜたような臭いがむっと立ちこめる。

ちょっとは休ませろ、そう文句を言いたいが、来るものは仕方ない。

部屋の隅に立ち、唯一の入り口に向けてナイフを構えた。姿は見えず、奴の気配だけが濃くなっていく。そしていきなり、背後の壁がぶち抜かれた。

目を赤く光らせた狼が、両の腕で、壁を砂糖菓子みたいに砕いていく。前転して距離を取り、慌ててナイフを構えようとしたが、なかった。ナイフも、腕もだ。

僕の右腕は狼の犬歯に切断され、奴の口の端っこに引っかかっていた。勝ち誇るように狼が吠える。ちくしょう。転げながら外に逃げ出したが、単純な走力じゃ勝負にならない。みるみるうちに追い詰められる。どこか、隠れるところ。隠れるところはないか。僕は路地を曲がって狼の死角に入り、道端に置かれていた金属製の衣装棚の一つに飛び込んで、内側から扉を閉めた。

衣装棚は狭かった。僕がぎりぎり入れるくらいだ。ちょうど目の高さにスリットが三本空いていて、そこから外の様子が見えた。やがて狼がぬっと姿を現わした。くんくんと臭いを嗅ぎ、僕を捜している。その爪の付け根には刺突剣が刺さったままだ。

息をひそめ、腕の痛みに耐える。流れる血が脇腹から腰を伝い、足元に池を作っていた。僕は必死に、左手で扉を内側から押さえながら念じる。おい狼、そのまま気づかずに行っちまえ。行け。行くんだ。何なら剣をそこに落として行け。拾って、お前の背中に刺してやるから。

ああ。

願いはそう簡単には届かない。

狼はこちらに鼻を向けて一嗅ぎすると、もう視線をよそに向けなかった。

迷いなくこちらに進んでくる。確信を持っているのだろう、急がない。僕の心を弄ぶように一歩ずつ、静かに。やがてスリットの向こうは、黒い体毛以外のものが何一つ見えなくなった。衣装棚が激しく揺さぶられる。僕はあちこちに体をぶつけ、目の前に火花が散った。やがて浮遊感。持ち上げられた。衣装棚ごと、やつの掌の中だ。耳を覆いたくなるような音とともに金属製の壁がきしむ。扉を突き破り、鋭い爪が食い込んでくる。逃げ場はどこにもない。僕は自分の悲鳴を聞きながら、体に突き刺さる爪を感じ、ただ姫の無事を最後まで祈って——。

こと切れた。

「うおぉぁっ」

がばと起き上がると、載せられていた氷嚢《ひょうのう》が吹っ飛んでいった。すぐ横でジャージ姿の村澤祐子が、目を丸くしている。吉川浩太も、自身の上げた雄叫びに、自分で驚いていた。額に手を当てると、滝のような汗だ。恐ろしい悪夢の世界にいた気がする。

「大丈夫？」

もう一人のマネージャーの松井《まつい》が、氷嚢とタオルを持ってきてくれた。

「あ……あれ？　俺」

浩太は剣道着姿だった。自分の面がすぐ横に置かれている。いつの間にか、道場の端っこに寝かされていた。瞬きして記憶を探っていると、松井が教えてくれた。

「浩太、さっき総当たり中に倒れちゃったんだよ。脳しんとうだろうから、ちょっと様子見てようって」

「あ、ああ。そうか……」

広池先輩と向かい合ったところまでは思い出せる。そうだ、何か言われたな。面の向こうで広池先輩がにやっと笑い、ぼそぼそと呟いている光景が思い出せた。何を言っているのかと浩太が耳を澄ませると、先輩は見下したような目で繰り返した。

彼女とはもうヤったの？

挑発されたと感じた浩太は、我を忘れて突進してしまい、待ち構えていた相手に当たられてしまった。そのままひっくり返り、頭の後ろをぶつけて……。

「くそ。こぶができてる」

起き上がって頭に手を伸ばすと、松井に止められた。

「無理しないで。病院行った方がいいよ」

「もう平気だよ」

「先生は、念のため検査した方がいいって。今日はもう練習切り上げさせろって言われてるの」

「ええ？」

浩太は不満を込めて松井を睨んだが、彼女を責めても仕方ないと気づき、項垂れた。

道場ではまだ、部員たちが竹刀をふるっている。中には広池先輩の姿もあった。

「水ー。水ちょうだい、早くぅー」などと声を上げていて、そこに村澤がペットボトルを持って駆けつけるところだった。

「あ、吉川のやつ、復活したみたいだよー。いいの？　寄り添ってあげなくて。何ならキスしてあげたら元気になるかも」

こちらを指さし、甲高い声を上げ続ける。村澤は耳まで赤くして俯いていた。

広池、嫌なやつ。

浩太は広池先輩を睨みつけたが、相手はどこ吹く風で、にやにや笑い続けていた。

†

「月子さん、月子さん」

肩を揺すられて、私は我に返った。そして小指さんの陰気な顔に気がついた。

「何だ、生きてたか」

「だ、大丈夫です」

狭苦しい廃墟の裏世界。まだあの錆臭い空気が、喉の奥に引っかかっているような気がする。しかし、ちかちか輝く照明を目の当たりにすると、急速に現実感が戻ってきた。ここはカラオケボックス。二人には少し広い部屋で、私は小指さんと向き合っていた。


「狼に食われて、裏世界から帰ってこられなくなったかと思ったぞ」

「もし帰ってこられなくなったら、どうするんですか」

「置いて行くさ。これ幸いと」

「冷たいんですね」

「自分の尻は自分で拭けよ、子犬じゃないならな。で、どうだった？　最後まで見届けられたのか」

　私は一度目を閉じる。嫌な汗が背中を流れる。悍ましい光景だった。

「ロッカーの中に追い詰められて、そのまま串刺しにされていました」

　毎回敗れ方が違うんだな、と小指さんは頷く。

「これで五パターンか。姫を守る騎士殿は狼に引き裂かれ、踏み潰され、嚙み砕かれ、ねじ切られ、そして串刺しにされた」

　気分が悪くなってきた。私は胃がもごもご動くのをこらえ、ウーロン茶を舐《な》めた。

「小指さんの方はどうでしたか？」

「同じだよ。姫君を連れて逃げたが、途中で立ち止まって動かなくなった。そして、悲しそうに俯いて泣き出した」

「その瞬間、騎士が死んだんですかね」

「ああ、これまでの傾向から推測すると、おそらくな」

私はノートにメモを取っていく。私と小指さんは、あの裏世界に何度も潜っては、出来事を記録していた。というのも、あまりにも不可解なことが多いからだ。

「その後姫に話しかけて、何か反応はありました？」

「いや、ただ泣き続けるだけ。叩いても怒鳴っても一切無反応。体感で三十分は待ったかな。それでも、ただ泣く以外に何も起きなかった。あいつ、頭は空っぽだな」

「私の方も同じです。狼は騎士を仕留めると、止まってしまいました」

騎士を仕留めた狼は、どういうわけかぴたりと動かなくなった。握りつぶしたロッカーから滴り落ちる液体を、三つの赤い目はしばらくぼうっと見つめていた。巨人が果実をつまむ力加減を誤ったかのように、背中には哀愁が漂っている。

そして私が見つめる前で、ゴボゴボという音と共に、狼はゆっくりと溶け始めた。黒い毛も、黒い肉も、生臭い空気をまき散らしながら泡立つ液体と化していく。やがて炎天下にさらされたアイスクリームのようなものに成り果てる。騎士の血と混ざり合いながら、液体はゆっくりと低い方へと流れ、排水口へと消えていく。

「ずっと眺めてようかとも思ったんですが、何しろ量が量なので。全部が排水口に消えるのを待っていたら、数日はかかりそうでした」

「最後まで見ていても同じだよ。全部が流れ切った後、それからは何も起こらない。姫は泣き続け、騎士は死んだまま、そして狼はどこかに消えたまま帰ってこない」

「おかしいじゃないですか。騎士を倒して邪魔者がいなくなったのだから、狼は姫を襲えばいいのに」

「姫のところには来ないよ。上映が終わった後のスクリーンを眺め続けるようなものでね。あの裏世界では全てのイベントが終わったんだ」

彼の言う通りらしい。三回目に裏世界に入った時、無理を言ってかなり長時間待ったのだが、何の変化もなかった。

「あそこは、そういう裏世界なんだ」

「ひたすら同じことを繰り返すだけの裏世界……」

私は首をひねる。

終わってしまった裏世界から現実に戻り、もう一度同じ裏世界に入ると、物語は初めからやり直しになる。即ち、廃墟を歩いているうちに私たちは騎士と姫に出会う。向こうに記憶はないらしく、初対面という形で自己紹介を交わす。「いつまでも幸せに暮らせる場所」に行くのが目的だと、毎回騎士はにこやかに教えてくれる。何だそりゃ、と小指さんは苦笑する。そうこうしているうちに狼が現われ、姫をかばって騎士が戦い、そして敗れる。

ただただ、その繰り返し。

「そんな苦しい裏世界ってありえます？」

「ありえるかどうか、ジャッジするのは君じゃない。あるんだから仕方ないだろう。

さほど珍しいことじゃない、本人が現実で行き詰まっている場合にはね」

つまらなそうに小指さんがリモコンのタッチパネルを操作している。ピッ、ピッという音と共にディスプレイが光り、目の下に隈《くま》のできた不健康そうな顔を照らし出す。

「何か、引っかかりませんか。あの裏世界」

「ん？」

「うまく言えませんが、何かに騙《だま》されているような。肝心なことを見落としているような、そんな気がするんです」

「ふーん。そういう感想を持つのは自由だがね」

ピピピピ。リモコンが赤外線を、カラオケに送った。

「小指さんは何か、気づいているんじゃないですか。あの裏世界の真相に」

おいおい、と小指さんが冷たい目で私を見る。

「勘違いするなよ、僕は解説役じゃないぞ。何か知りたいことがあるなら自分で確かめるんだな。そもそも、気合を入れ直すべきじゃないのか。今のところ三点だぞ」

「三点？　何がですか」

「言ってなかったっけ。これはテストを兼ねているんだ。君と裏世界に行って僕がどれだけ楽しいか、有意義か。千点満点の加点方式だが、五百点以上取れないようでは次の裏世界には連れていけないな」

冗談っぽく言っているが、おそらく本気だ。そんなところを測られていたとは。背中を冷たい汗が一筋、流れた。小指さんの背後でモニターが赤一色に点灯し、カラオケが音楽を流し始めた。最近人気の、女性シンガーソングライターの曲だ。

「意外ですね。小指さんはこんな曲を歌うんですか」

「いや？　聞いたこともない。人気曲の中から適当に選んだだけだ」

「え、じゃあどうして入れたんですか」

「歌でもないと、いい加減退屈だからだよ」

じっと小指さんがこちらを見ている。

「特別だ。歌えば、一点やってもいい」

一人で裏世界に行くすべを持たない私は、彼の機嫌を損ねるわけにはいかない。

小さく溜め息をついて、マイクを手に取った。

†

病院の会計で支払いを終えると、吉川浩太は待合席で座る村澤祐子の下に戻った。

「お待たせ。時間かかっちゃってごめん」

「ううん、異常がなくて本当に良かった」

CTスキャンなどをされるのかと思いきや、診察は問診だけで、待ち時間の方が長いくらいだった。部活をサボった気分だ。

「ありがとう。付き添ってくれて」

「マネージャーだから当然だよ」

「そこは彼女だから、じゃないの」

混ぜっ返すと、村澤はこちらを真っ直ぐに見て、ニコッと笑った。

「言うまでもないかと思って」

顔が赤くなるのがわかり、浩太は思わず視線を逸らしてしまう。

「い、行くぞ」

慌てて村澤の手を引き、浩太は病院を出た。二人で並木道を歩く。

「ごめんな。何か俺のせいで、広池とかにからかわれちゃって……」

「仕方ないよ。あの部、恋愛ネタに飢えてるもんね」

村澤は困ったように眉尻を下げ、俯いた。

「守ってやりたいんだけど。あいつ、俺が見てないところでもやるからな」

「広池先輩ってそういうところあるねえ」

部活に戻るでもなく、家に帰るでもなく。何となく商店街の方に向かっていく。クレープの屋台で飲み物を二人分買い、一つを渡してベンチに座り、浩太は切り出した。

「村澤って、何か困ってることとないの」

「え？　特にないけど」

空は夕焼けで染まり、看板や街路樹は長い影を石畳に落としている。ふと、街灯が瞬きながら点灯した。

「たとえばほら、お父さんが厳しいって言ってたじゃない。娘が心配な気持ちはわかるけど、俺は村澤のことを遊びにするつもりは全くないから。もし何だったら、俺、挨拶に行ってもいいし」

「うん。わかってるよ、ありがとう」

村澤は頬を赤らめて頷いた。控えめなその言い方。唇が、ストローでカフェオレを吸い上げている。風に揺れる柔らかい髪は、まるでお人形のようだ。

「うん……」

ああ、村澤。君が愛しくてたまらない。こんなに綺麗な人がいるなんて今でも信じられないよ。君は物語に出てくるお姫様みたいだ。こうして道を眺めていても、たくさんの女の人が通っていく。もちろん美しい人は無数にいるけれど、君は別格だ。特別だ。比べものにならない。その仕草も、声も、眼差しも……もう、ひれ伏したくなるくらいなんだ。

「どうしたの？　そんなに見て」

「いや、なんでもない」

見つめ返されて、浩太は心臓が跳ね上がりそうになった。何だかもう、好きで好きで……何を考えているのか、よくわからない。舞い上がりすぎだ、落ち着け。

「村澤。俺さ、君を必ず守るから。君のためなら何でもできる気がする、本当だよ」

はっと村澤が目を見開く。通行人の何人かが、くるりとこちらを振り向いた。中には「若いってのはいいねえ」と呟いていく人までいる。こんな芝居がかった台詞を自分が口にするなんて、信じられない。いや、村澤が凄いのだ。ここまで言わせる村澤が、それだけ偉大だってことなんだ。

少し恥ずかしかったが、浩太は続けた。

「本気なんだ。だから何かあったら、俺を頼ってくれよ」

女神だ。きっと村澤は、女神なんだ。そうでなければ説明がつかない。君という女神の、騎士になりたい。

「どんな敵であれ、君を脅かすものと、俺は戦える」

相手が広池だろうと、部活の顧問だろうと、あるいは君のお父さんだろうと。どんなに強大でも、ひるまない。勇気が溢れてくるんだ。そうだ、そのために剣道をやってきたんじゃないのか。中学、高校、大学と、それほど強くもないのにずっと続けてきた理由はここにあった。即ち村澤と出会うため。そして、村澤を守るためだ。

村澤は目を伏せて、しばらく俯いた。それから上目遣いに浩太を見る。

「ありがとう、嬉しいよ。ところでさ、ご飯でも食べない？ 私お腹《なか》すいちゃった」

「あ、ごめん。そうだね……そうしよう」

急に現実に引き戻される。浩太は肩すかしを食ったような思いだった。

†

小指さんは、私に一つだけヒントをくれた。

裏世界の主は、初めての彼女ができたばかりの男子大学生、吉川浩太だそうだ。ただそれだけ。私はアパートの自室で、ノートを机に広げて睨めっこしながら、もらった情報を頭の中で何度も復唱していた。

余計にわけがわからなくなった気がする。

裏世界はもう一つの世界。皮膚の内側、心の裏側。当然、現実を何らかの形で反映したものになるはずだが。中空からコンクリートに埋め尽くされた廃墟。執拗に追いかけてくる巨大な怪物と、血みどろの戦い。そして繰り返される無残な敗北。閉鎖的で絶望的で、恋人ができたばかりの大学生の心境とは思えない。唯一、仲睦《なかむつ》まじそうな姫と騎士の組み合わせだけは、しっくり来るけれど。

「付き合いたてなら、もっとハッピーな裏世界でしょ、普通。世の中バラ色で……それが何、廃墟って。そんなに大変な恋愛をしてるってこと？　怪物のような邪魔者が、恋の障害として立ち塞がってるわけ？」

私がうめくと、ロフトから声が降ってきた。

「恋愛の当事者にしかわからないことが、色々とあるんだろうよ」

振り返ると、小指さんが細長い体を窮屈そうに体育座りさせて、見下ろしていた。

「僕たちがあれこれ考えたって、無駄というものだ」

「……起きてたんですか」

「ああ」

寝癖だらけの頭を気だるそうにかきながら、漫画本を開いている。初めは駅前の喫茶店から裏世界に行っていた。次はファストフード店。それから漫画喫茶、カラオケと変わっていき、とうとう私の家を使うようになった。長時間滞在してもよく、店員に不審がられずにすむ場所を探し求めて、行き着いた結果だ。

「面白い漫画だ。薄めたゲロみたい」

どう受け止めたらいいものやら、判断に困る感想を垂れ流している彼を、家に入れることに抵抗がなかったといえば嘘になる。なにせ男性だし、背景も不明だ。だが、裏世界に行くために何度も会っているうちに、わかってきた。

彼は本当に、現実世界に興味がない。

だから私の体になど何の関心も抱いていないし、目の前に預金通帳が置いてあったところで、手を伸ばそうともしないだろう。ただ約束した時間にやってきて、一緒に裏世界に行き、終わればぶらりとどこかに去っていくだけ。待ち合わせの場所がどこだろうと、関係ない。

「恋愛、か……」

溜め息交じりに私は頭を下げる。

「私、誰かと付き合ったこともないし、恋愛の経験もなくて、よくわかりませんけれど。どうも何かが納得いかないんですよね」

ぱたんと漫画本を閉じる音。

「納得もクソもない。ありのままを受け入れればいいだろう。恋愛に障害はつきものだし、初めての彼女とあらば、些細な障害が恐ろしい強敵に見えても無理はない」

「そう、ですかね……」

「僕はいい加減、飽きてきたな」

小指さんが立ち上がり、ロフトの梯子《はしご》を下りてくる。

「そろそろ終わりにしないか。これ以上は行くだけ無駄だよ」

「ちょっと待ってください。作戦を練ってるところなんです」

相手の顔が不快げに歪んだ。

「作戦、ねえ。もう諦めたらどうだい。僕は君がねだるから、もう五回も裏世界に連れて行ったじゃないか。それでどうだった？　毎回、何も変わらなかった！　メモを取って、うんうん考えて、そんな小手先で太刀打ちできるほど、裏世界というのは単純じゃないんだよ」

「あと一回だけ」

私は言う。冷や汗が、たらりと流れる。

「あと一回だけ、お願いします。作戦……というほどではありませんが、方針だけは決まりました」

自信はない。だが、小指さんの評価を覆すにはこれしかない。そして私自身、あの裏世界に答えを見出したかった。こんな中途半端な状態では、終われない。

「へえ」

一瞬、小指さんが目を丸くした。だがすぐに鼻で笑うと、私の腕に向かって手を伸ばしてきた。

「ではその方針とやらを、見せてもらおうか」

彼の手が私に触れる。曲がった小指が動き出す。咄嗟に私はポケットに手を入れ、そこにヘアクリップがあることを確認した。

そして否応《いやおう》なく、世界は反転する。

†

吉川浩太が村澤祐子と一緒にファミレスでご飯を食べたのは、夕方の六時であった。それから二人はカラオケ店に入り、さんざん歌った。二回も延長して、時計の針は十時を回ろうとしている。

受付からかかってきた電話を浩太は取り、これ以上の延長はしないことを告げた。

「歌った、歌った。楽しかったね、浩太君」

「もう喉がガラガラだよ」

二人でかすれた声を掛け合い、笑う。これだけ長時間一緒にいても全然退屈しないし、何ならまだまだ遊んでいられる。浩太にとってそんな相手は村澤が初めてだったし、これからも見つけられる気がしなかった。

二人は駅へと歩いて行く。いつもの通り浩太が車道側に立ち、先導するように少し前を進む。

「なんか名残惜しいね」

人気《ひとけ》の少ない街で、村澤が言った。

「俺もだよ。できれば……」

浩太はそこで口をつぐむ。その先を言ってはいけない気がした。自然と歩みが遅くなる。別れたくない。そんな思いを抑え、振り返って浩太は笑った。

「でも、門限があるんだろう。お父さんが厳しいんだよな」

「うん。そう……だね」

申し訳なさそうに村澤が俯き、微笑む。その儚《はかな》げな横顔を見ていると、浩太も切なくなってしまう。

「俺、無理を言うつもりはないからさ」

あと少しで駅にたどりつく。切符売り場から明るい光が放たれ、浩太の背後に浴びせかけられる。ロマンチックの欠片《かけら》もない機械的なアナウンスと、通り過ぎていく電車の動輪の音。

「お父さんを説得して……わかってもらってからでいいんだ。焦ってない。村澤のこと、本当に大切だから。二人の間のどんな障害も、向き合っていく自信があるから」

光を受けて村澤はいつも以上に白く、神々しく、清楚《せいそ》に輝いていた。逆に、彼女から見れば浩太は光の中の暗い影に見えるだろう。

「嬉しいよ。浩太君のその気持ち、嬉しいんだけど……」

影に向かって、光が問う。

「障害って、本当にあるのかな？」

意味がわからず、浩太はぽかんと口を開いた。

†

また、あの音が聞こえてきた。ざわざわと泡立つような気配。不快な臭い。狼が近づいてきている。私は頬を叩き、気合いを入れた。すぐ横では小指さんがあくびしている。また傍観を決め込むつもりなのだろう。

先ほど、私たちと互いに自己紹介を終えた騎士と姫は、すでにスタンバイしていた。即ち騎士は刺突剣を抜いて路地の暗がりを睨み、狼の到来を待ち構えている。姫の方は不安げに顔を曇らせ、俯いている。もう、今にも泣き出しそうだ。

私は姫の側《そば》に立ち、彼女の肩を持って支えている。

「さて、どうするつもりだい。これまでと同じように、姫を連れて逃げるのかな」

小指さんが顎に手を当てて呟いた。

「もう逃げません」

「ほう」

私は騎士の様子をうかがう。彼は路地の向こうに結集しつつある狼の気配に集中していて、こちらの話など聞こえていないだろう。それでも念のため、囁き声にする。

「逃げても騎士が狼に殺されて、いつもと同じ悲惨な結末になるだけです。あの狼が恋愛の障害を意味しているとするなら……ハッピーエンドに行き着くためには、狼を倒すしかない」

小指さんが目を剝《む》く。

「倒す？　狼を？　あの巨体、あの怪力だ。何回戦ったって騎士に勝ち目はないぞ」

「一人で戦えばそうでしょうね。でも、この裏世界には今、私たちがいます」

私も狼の登場を見逃さないよう、騎士の見据える先に目を凝らす。緊張で変な汗が流れてくる。

「おいおい、君が加勢したところで大勢に影響なしだろう。それとも僕を戦力として期待しているとでも？」

「違います。小指さんが何かしてくれるとは思ってません」

「正しい判断だ。裏世界で僕らができることなんてないんだよ。裏世界は観察するもの。ただありのまま感じる他、関わり方なんて……」

「私が期待しているのは、姫です」

姫は私の腕の中で、弱々しく震えている。こちらの会話など意に介している様子はない。彼女は一種の舞台装置というか、人形のようなものなのかもしれない。

「これまでの観察から導き出したことですが。狼は姫を襲っているように見えて……必ず、騎士と戦います。あれだけの強さがあれば、騎士など無視してもいいような気がしますが、必ず騎士の挑発に乗るのです。また、騎士を倒しても姫を襲いに来ることはなく、そのまま消滅してしまいます。そこで思ったんですが。狼は、姫を傷つける気はないんじゃないでしょうか」

小指さんはただ、らんらんと目を光らせている。

「もっと言えば、姫を傷つけたくないのでは。狼の狙いはあくまで騎士。だとすれば、姫を囮《おとり》に使えると思うんです。囮というか、盾ですかね」

ぶふっと小指さんが噴き出した。

「清楚なお姫様に対して、何たる無礼を」

「私は、姫を連れて戦場に飛び込みます。狼を攪乱《かくらん》できたらしめたもの。その間に騎士が狼の急所を突けば……勝機も見えてくるはずです」

「出たとこ勝負か。荒い作戦だねえ」

「言ったじゃないですか。方針しか決まっていないって」

「ふん。とんでもないことを思いつくな、君は。まあどこまで通用するか、やってみるといい」

「そのつもりです」

やがて錆臭い空気が濃くなり、足音が聞こえてくる。べちゃ、べちゃと黒い液体を踏みつけて、狼が路地から顔を出す。信号機のような赤い目をぎらつかせて。剣のような爪をひけらかしながら。

足が震える。立っている地面の感覚が揺らぐほど、恐ろしかった。臆せず狼と向かい合う騎士の背中が眩しく見える。私は姫の襟元を摑んだ。息を呑む音が聞こえたが、抵抗はなかった。

彼氏にばかり戦わせて。泣いているだけのあなたも、役に立ちなさいよ。

心の中で告げつつ、私は飛び出すタイミングを計った。

横断歩道の手前で狼が足を止めると、騎士が額の汗をぬぐって剣を握りなおす。歩道の向こう側とこちら側で、瞬きもせずに睨みあっている。

狼にとってはたった一歩の間合いだ。飛び掛かるその瞬間を見逃せば、騎士に命はない。それでも立ち向かう。針のような刺突剣を、相手の力を利用して、分厚い肉の奥深くまでねじこむ、ただそのためだけに全身の神経を研ぎ澄ませる。

一方の狼には余裕がある。巨大な体軀《たいく》を持て余すようにゆすり、赤い三つの目を時折明滅させ、半開きの口から涎を垂らしている。真っ赤な舌が飛び出した。私たちが固唾を呑んで見つめる前で、ぬらりと口の周りを湿らせては、口の中に戻っていく。弄ばれている、そう思った。

次第に騎士の呼吸が荒くなっていく。相手の攻撃に備えるだけで、彼はみるみるうちに消耗していく。

これ以上待ったら、不利になる一方だ。摑んだ姫の襟元をぐいと引き、よろめく彼女を半ば突き飛ばすようにして、私は騎士の後ろから飛び出した。

「こ、これを見なさい！」

姫は、等身大の起き上がりこぼしのような感触だった。転びそうにはなるが転ぶことはなく、俯いて不安げな顔で、促されるままに交差点へと進み出る。

「これでも攻撃できる？」

私は精一杯叫んだ。これは賭けだった。狼は姫を攻撃できない、それは推論でしかなく、何ら意に介さない可能性も残されていた。私は恐怖にほとんど目を閉じて――腰を引き、頭を下げ、姫の華奢《きやしや》な背中に身を隠しながら。到底勇ましいとはいえない格好で、じりじりと前進した。次の瞬間、狼の牙が姫もろとも私を貫くかもしれない。あるいは、振り上げられた前足が私を叩き潰すかもしれない。

横断歩道の向こうで狼がどんな目で私たちを見ているのか、恐ろしくて確かめられなかった。

「な、何てことを！」

騎士が悲鳴を上げた。

「やめろ、今すぐ姫を戻せ、ふざけるな、お前ッ」

背後から、狼狽《ろうばい》した様子の声が続く。今にも私を摑み、力ずくで押し倒しそうな勢いだ。いや、刺突剣で刺されてもおかしくなかったかもしれない。

しかし何も起きなかった。

あたりは静かで、さっきまでの緊迫した空気が嘘のようだった。騎士は啞然として立ち尽くしている。私はおそるおそる騎士の視線の先を見て、その理由を知った。

「なぜ……？」

狼の姿がなかった。あれだけの巨体が、きれいさっぱり消え失せている。足音一つ聞こえなければ、空気がそよぐ気配すら感じられなかったのに。廃墟には姫がすすり泣く声だけが響いている。

「どこに行ったの」

戸惑っていると、背後から上ずった声が聞こえてきた。小指さんだった。

「こ、これは……まさか！　信じられない！」

私は息を吞んだ。小指さんの背後に、あの狼が目を輝かせて立っていたからだ。

「ど、どうして？　いつの間にそこに」

慌てて私は姫を抱え上げ、騎士を追い抜き、小指さんすら追い越して狼の前に立ちはだかる。しかしまたも、狼は忽然《こつぜん》と消滅した。今度はその瞬間が見えた。とはいえ、ただ狼の輪郭が突然薄まり、瞬時に地面に吸い込まれて影だけになったかと思うと、その影すらなくなった、それだけだ。何が起きているのか一つもわからない。

小指さんは何やら納得した様子で、手を打ってはしゃいでいた。

「そうか、そういうことか。わかったぞ、この裏世界が。やってくれたな、月子さん。こんなやり方がありだとは、思ってもみなかった」

私はいらいらして言い返す。

「あの、全然わからないんですけど。どうして狼が急に消えちゃうんですか」

小指さんがにやっと笑って私の背後を指さす。振り返って絶句する。またも、狼が反対側に出現していた。騎士の向こう、横断歩道の先で、何事もなかったかのように涎を垂らしている。うっすら嫌な予感を抱えつつ、私はまたも舞い戻る。騎士の横を飛び出したところで狼が消え、再び背後に現われた。

何なのこれ。あっちに出たりこっちに出たり、引っ込んだり飛び出したり。

「遊ばれているみたい」

「遊びなんだよ。初めから茶番だったんだ。そして君は、この茶番を終焉《しゅうえん》に導いた」

「全く理解が追い付いていません」

「それが君の面白いところだ。まあ、君が理解しなくとも構わない……」

髪をかきあげる小指さん。私は何気なく振り向いて、見た。

青ざめた顔で、震えている騎士を。

「〝彼〟さえ理解すればね」

あれだけ大切にしていた唯一の武器、刺突剣がアスファルトに落ちている。拾うのも忘れ、騎士は震える両の掌を見つめ、歯をかちかち鳴らしている。まるで無防備な姿だった。しかし、狼に襲い掛かってくる様子はない。牙をぬらぬらした舌で舐めながら、縦に三つ並んだ赤い目で、騎士を見つめている。どこか人懐っこそうな光すら、その瞳には浮かんでいた。

「彼が敵意を向けない限り、狼も敵意を向けてはこない」

騎士の唇が微かに動く。うわごとのように「嘘だ。嘘だ……」と呟き続けている。

騎士の足元からは影が伸びている。影は地を黒く染めながら道路を横断する。その先に立つ狼の体毛も、肉体も、己の影に溶け込んでしまうように黒い。

向かい合う騎士と狼。錯覚ではなかった。

狼は、騎士の影から生えていた。

†

「秋葉原方面ゆき最終電車が発車いたします。この後上りホームに電車はありません。繰り返します」

駅からアナウンスが聞こえてくる。慌てた様子でホームに駆け込んでいくスーツ姿の人がいる。吉川浩太は、握っている村澤裕子の掌の熱さを感じていた。

「村澤。そろそろ行かないと、電車が……」

「なんか私、具合悪くなってきちゃった」

駅前のベンチに腰掛け、浩太に寄りかかったまま、村澤が呟く。さっきからずっと俯いたままだ。急にどうしたのだろう。とてもホームまで歩けなさそうだ。

「だけど、終電が」

「浩太君、背中さすって……」

困惑しながらも、浩太は言われたとおり従う。熱っぽい彼女の体を撫でると、柔らかい肉の奥に、肩甲骨と背骨があるのがはっきりとわかった。ブラジャーの紐と、留め具の位置も。

「ありがと。少し、楽」

そのまま村澤は浩太にしなだれかかってくる。ちょうど彼女に膝枕をしているような形だ。浩太は冷や汗が出そうだった。慌てて鞄から財布を取り出し、中身を確かめる。一万円札が二枚残っていた。

「村澤。これ使っていいから」

瞳を潤ませて、村澤がこちらを見上げている。

「電車がだめなら、タクシーで帰ったらいいんじゃないかな」

ため息をつき、村澤はゆっくりと首を横に振った。

「気分が良くないの。タクシーなんて乗ったら吐いちゃうよ」

「大丈夫？ さっき食べたハンバーグが傷んでたのかな。俺は平気なのに」

口では紳士を気取りつつも、心の中で奇妙な期待が膨らみ、それが背中をぞくぞくと這い上がってくる。村澤の髪から漂う甘い香りによるものか。押しつけられている、温かくて柔らかい感触のせいか。

「お願い。横になれるところで、休みたい」

村澤はそう、かすれた声で言った。浩太は途方に暮れてあたりを見回す。飲食店もほとんどが閉まってしまい、駅前は静かだった。その中でひと際明るく輝いているネオン看板があった。特徴的な入り口。今まさに一組のカップルが肩を寄せ合い、入っていくのが見えた。

「いいよ。あそこで」

どきんと心臓が跳ね上がる。生臭い欲望が黒い霧となって、全身の毛穴からむくむくと噴き出してくる。抑え込もうとする理性の力はあまりにか弱く、頼りない。

ついさっき、村澤を守ると宣言したばかりなのに。

その体を蹂躙《じゅうりん》したいという思いが、こんなにも大きく膨れ上がってしまうなんて。

浩太は戸惑っていた。村澤の前で二つに分裂してしまった自分自身に。

ごとごとと音を立て、終電が発車する。その光が浩太たちを一瞬照らし、遠ざかっていく。

†

私と小指さんの目の前で、確かに裏世界に新たな展開が訪れていた。

騎士は茫然《ぼうぜん》と、狼を見つめている。狼は舌なめずりをしながら、大人しく座り込んでいる。

「お前は……お前は」

騎士の端整な顔が歪む。さらさらの美しい髪が、清潔感のある服装が、一点の曇りもなく透き通った瞳が、今は色褪《いろあ》せて見える。

「お前が、僕だったなんて。そんなことが、あるわけが」

狼は醜い。汚くて、粗野で、臭くて、黒い。品性のかけらもないが、力強い。

「あるわけが……」

騎士は口をつぐんだ。どこからか風が吹く。上部がコンクリートで埋め尽くされた廃墟を、逆巻きながら通り過ぎていく。狼の鬣《たてがみ》と騎士の髪が、同じように揺れた。

「結果的に姫を動かしたのが、大正解だったわけだ」

歯ぎしりしながら、必死に狼を睨みつけている騎士を指して、小指さんが呟いた。

「葛藤しているが、受け入れるしかない。直感的にわかるはずさ。宿敵が自分自身のもう一つの姿だと」

「裏世界の主は、狼だったんですか？」

「そうは言い切れない。位置関係で考えてみたまえ。姫が光源だ。光を前にした時に、表で相対するのが騎士、その影が狼なんだ。だから君が姫を動かすと、姫を中心に狼の位置が入れ替わったろう」

「あ……そういうことなんですか？」

「この状況を引き起こしたのは君だというのに、呑気な奴だな。人間には二面性がある。理性を備えた存在であると同時に、一介の野生動物でもある。動物のままでは社会で生きていけないが、理性で抑え込めるほど野性は弱くもない。騎士と狼は根は同じでも、役割は異なる」

小指さんはにやつきながら、騎士の背後で俯いたままの姫を見つめた。

「さあ彼らは矛盾した恋心に、どう決着をつけるつもりかな」

向かい合う狼と騎士をよそに、お姫様は俯いて泣き続けていた。私は相変わらず、この姫のことがいまいち好きになれない。裏世界の主が二つに分かれてまで愛を貫き通そうとしているのに、彼女はいったい何を考えているのか。

†

何もかもが初めてで、浩太はどぎまぎし続けだった。ラブホテルの入り口で部屋を選んでボタンを押し、カギを受け取る。エレベーターに乗って、三階へ。その間ずっと村澤は無言で、だから浩太も何も言えなかった。

ようやく部屋に入り、後ろ手でドアを閉めたところで一息つく。肩を貸しながら村澤をベッドまで運び、横たえると、自分もその隣に腰掛けた。

村澤は目を閉じたまま、穏やかに呼吸を繰り返している。眠っているのだろうか。

あたりを見回す。物珍しいものばかりだった。大きなディスプレイ、カラオケ装置、照明の操作パネル、鏡張りのお風呂、電動マッサージ機、避妊具。それらを眺めているうちにまたも欲望が噴き出しそうで、浩太は溜め息をついて荷物を投げ出した。

もう、俺も寝てしまおう。

操作パネルを弄《いじく》り回し、何とか部屋を暗くすると、浩太は上着を脱いでベッドに横たわった。

闇の中、二人の吐息だけが聞こえる。

無理やり目を閉じても、眠れない。

どう考えたって、これはＯＫということだよな。村澤は俺と一線を越えることを望んでいるんだよな。俺だってそれは同じ。彼女と一つになる日を、付き合ってからずっと、いや付き合う前から想像してきた。だからここは、自分に正直になるべきだ。

すでに浩太の下半身には血流が集まり、熱く硬く反応している。

しかし何かが、浩太を押しとどめていた。隣の村澤に覆いかぶさることを許さなかった。

自分がひどく醜い気がした。綺麗で可憐《かれん》な村澤の前で、はあはあ言って、涎を垂らしながら肌をさらして、あちこちに毛が生えた筋肉質な肉体を押しつけ、おぞましい生殖器を突き出すなんて、耐えられない。

それよりもご飯をさらりとご馳走《ちそう》し、颯爽《さっそう》と車道側を歩き、困っていたら助けてあげる、優しくて素敵な男性でいたかった。

……どうして？

どうして優しくて素敵な男性だと思われていたいのだろう。村澤に好きになってほしいから。村澤に愛してほしいから。

浩太は汗ばんだ額に手を当てた。恐ろしいことに気づいてしまった。

結局は村澤を手に入れるためでしか、ないじゃないか。

紳士的にふるまうのも、欲望のままに狼になるのも、目的は同じ。ただ村澤の心も体も手に入れて、自分の好きなようにするため。村澤を守りたいだって？　ただ、他の男から遠ざけたいだけじゃないか。ただの独占欲だ。

気持ちが悪い。俺は村澤を何だと思っているんだ。ただの欲望を満たす道具か。人として彼女を好きでいたいのに、その方法がわからない。

硬直していた下半身は、次第に萎えていく。まだ何をしたわけでもないのに浩太は自己嫌悪に陥り、顔を手で覆っていた。

その時だった。

浩太の下半身に手が触れた。冷たくてすべすべした指が、そっと肌を撫でていく。

「あのさ。そもそも守ってほしいって、誰が言った？」

不機嫌な声。これまでに聞いたことのない声色だった。

「女にだって欲望はあるんだよ。男にあるのと同じように。それを無視するのって、人間扱いしてないのと同じ」

闇の中を村澤の声が響く。その間も、彼女の手はずっと動き続けている。再び浩太の下半身に、血が集まり始めた。

「ナイト気取りも可愛いから、温かく見守ってたけど。もう少し現実見たら」

「村澤……」

「祐子って呼んで」

頭がついていかない。ただ彼女の言葉を、黙って聞いているだけ。

「広池先輩は確かに『お前ら、どこまで進んだの』ってからかってきたよ。でも私、そういうの全然平気なんだよね。あの場では先輩に気を遣って、照れてみせたけど。映画館で広池先輩に出くわした時も、どうってことなかった。ようやく部内恋愛が発覚して、むしろ嬉しかったくらい。これで浩太君も少しは焦ってくれるかなって。でも、出てきた言葉が『守ってやりたい』だもんなあ、ハハ。君、空回ってるよ」

「ゆ、祐子」

耳元で村澤が色っぽく囁く。

「でも、許してあげるよ。愛してるから。君のそういうところも含めて、愛せるから。だから……」

目の前に村澤がいた。浩太に覆いかぶさり、見下ろしていた。垂れ下がった髪が顔に当たる。

「こんな私も、愛してくれるでしょ？」

潤んだ瞳で、赤らんだ頬で、つやっぽい唇で、村澤が。小悪魔のように笑っていた。

†

私と小指さんが見つめる前で、騎士から黒い煙が立ち上り始めた。ごぽごぽと泡立つような音。

「変わるぞ。さあどっちだ。月子さん、どうなると思う」

小指さんが手を叩く。私は聞いた。

「どういうことですか」

「一心同体だと悟った狼と騎士は、もはや別個には存在していられない。どちらかに吸収される。道は二つしかないんだよ。すなわち狼が残るか、騎士が残るか」

ようやく私にも、概要がつかめてきた。

「姫を守り続けた騎士と、襲おうとし続けた狼。どちらが本質なのか、これではっきりする。いや、どちらを望むか、とも言えるかな。いずれにせよ究極の選択が、これから行われるんだ！」

小指さんがわくわくしている。小説も漫画もつまらなそうにしていた彼が、目を輝かせて手に汗握って、今か今かと次の展開を待ち望んでいる。無邪気な笑顔。

私は小指さんの本性を垣間見たような気がした。

彼にとってこれこそが娯楽なのだ。私が恋愛小説を読んで、結局この子は誰とくっつくのか、ここで彼は彼女を抱くのかと、胸をときめかせるのと同じこと。騎士が狼になるのか、狼が騎士になるのか。この裏世界が一体どんなふうに変わっていくのか。それこそが関心事なのだ。

「わかるかい？　これからどうなるのか、月子さん、わかるかい。わかるはずもない、僕だってわからないさ！　これだ、これなんだよ。作り物ではない、生の感情、剝き出しの自然。仮面の裏で起きている、純粋無垢《むく》な心の動き。だからこそ伝わってくる。脳髄に、びりびりくるんだ！」

裏世界を覗きすぎた彼を満足させる物語は、もはや現実世界には存在しない。

「これに比べれば良くできた小説も、漫画も、薄めたゲロだ。表面をなぞって都合のいい輪郭に落とし込んだだけの、的外れなまがい物。本物はいつだって、内側にあるんだ。ああ月子さん、僕は今、改めて思う、生きていてよかった！」

彼は囚《とら》われている。裏世界の鮮烈な異常さに、身も心も。

「月子さん、見たまえ。騎士が！　ほら、騎士が」

甲高い声で騒ぐ小指さんを、私は冷めた目で見つめる。

あんなふうにはなりたくないな。

「騎士が、刺突剣を拾うよ！」

私は見た。

地に落ちた刺突剣を、騎士がおそるおそるといった様子で拾い上げた。狼は手出しをせず、ただ見守っている。騎士は刺突剣の重みを確かめるように、細い刀身を二、三度振るう。ぴゅんと高い音が鳴る。狼は動かない。腹を震わせて、ふしゅう、ふしゅうと息を繰り返している。

騎士は背後の姫を見た。相変わらず俯き、泣いているお姫様。その儚げな姿を見て、ふっと小さく笑ったようだった。

やがて騎士は意を決したように歯を食いしばり、刺突剣を構えた。鼻先に突き出された銀色の光を見て、狼の縦に並んだ三つの赤い目がぱらぱらと明滅する。

そしてゆっくりと騎士は反転する。

狼に背を向け、お姫様に剣を向けて。

邪悪にほほ笑んだ。

†

浩太の中で、ようやく何かが吹っ切れた。

自分に跨《また》がっている村澤の両肩をつかみ、突き飛ばす。小さな悲鳴を上げてベッドに倒れこんだ彼女の上に、今度は逆にのしかかった。そして獣のような唸り声とともにズボンを脱ぎ、荒々しく村澤の服を剝ぐ。目指す先はすでに、浩太を待ち望んでいた。

あとは簡単だった。

感情の奔流のままに体を動かすだけだった。

†

小指さんが私の背を叩いてくる。ちゃんと見ているか確かめたいのだろう、ちらちらとこちらを振り返ってきてうっとうしい。

見てますよ。見ないわけ、ないじゃないですか。

騎士の全身が、どす黒く染まっていく。狼が影を伝い、騎士の中に入っていく。みるみるうちに騎士の全身が膨張する。ぞっとするほどの変貌ぶりだ。

筋肉は隆起し、歯は鋭く尖り、前傾姿勢になる。品のいい服を突き破り、黒い体毛があちこちから姿を現す。目は赤く輝き、口からは涎を垂らし始めた。体の周りに黒い煙が立ち込め、足元には黒い液体が泡立っている。針のように細かった刺突剣も、醜く膨れ上がって腕と一体化し、漆黒の槍《やり》と化した。長さは物干し竿《ざお》ほどもあり、丸太のように太い。先端は鋭く、細かい棘が生えている。

襲うつもりだ。

ついに狼の力を手に入れた騎士が、姫を食うのだ。

騎士が雄たけびを上げる。野太い叫びが、廃墟のあちこちまで響き渡る。そして赤い目がひと際、閃《ひらめ》いたと思った瞬間。

「あっ」

私が言うのと。

「あっ」

小指さんが言うのとが同時だった。

目にも留まらぬ速さで槍が突き出され、お姫様の腹を一撃で貫く。血しぶきが舞った。穂先は背中から飛び出して、後ろの壁にまでめり込んでいた。

大穴を開けられたお姫様は体勢を崩しながらも、悲鳴一つあげなかった。それどころか、痛がっているそぶりもない。相変わらず両手で目のあたりを時折こすって、すすり泣いているだけだ。突然自分を攻撃した騎士に驚いたり、咎《とが》めたりする節もない。仕留めた。

そう安心してか、騎士はにんまり笑いながら、お姫様に向かってもう片方の手をゆっくりと差し出した。

「あ、あああっ」

私は続けて叫ぶ。

足元が激しく揺れ、立っていられずへたり込む。小指さんも同様だった。

地面が、コンクリートの天井が、生き物のように蠢き、割れた。お姫様を突き刺してご満悦な黒い騎士に、上と下から廃墟が襲い掛かる。餌に食いついた虫を捕獲する、食虫植物の動き。信号機が落ち、騎士の頭を痛打する。道路標識が飛び出して、騎士を突き刺す。電信柱が倒れて電線が絡みつき、ガードレールが行く手をふさぐ。そこに店舗の壁や道路が迫り、騎士を押し潰していく。騎士とお姫様の姿が廃墟の中に消え失せる刹那、私は見た。

お姫様が穿《は》いているシルクのスカートから、細い白い足が飛び出している。その二本の足が、浮いていない。

正確に言うなら、廃墟と一体化していた。

そうか。

男性が女性を「食う」なんて表現したりするけれど、同じことなんだ。男性が女性を食う時、女性も男性を食っているのだ。

「なるほど！　なるほど、なるほど。このせまっ苦しい廃墟そのものが、姫だったのか。そうとも、賢い女性とは、常に男性の想定を上回るものじゃないか」

小指さんが叫んでいる。

廃墟は急速に崩れ、騎士を中心に収縮していく。一度捕らえた獲物は決して放さないハエトリグサ。何重にも何重にも、執拗に壁や床が折り重なり、騎士と狼を押し潰す。

私たちも例外ではない。騎士諸共《もろとも》崩壊に巻き込まれ、このままでは潰される。逃げ出さなくては。左手をポケットに突っ込んで、お守りのヘアクリップを握ろうとした時だった。小指さんが、私の右手を掴んだ。

「おっと、まだ脱出するには早い。素晴らしい、素晴らしいよ月子さん。こんなものが見られるなんて、思いもよらなかった。点をあげよう。一億点でも百兆点でも、あげよう」

声と共に、ぐいと引っ張られる。

「さあ、こっちだ！　フィナーレを見届けるぞ」

私は必死に小指さんの腕にしがみついた。

小指さんは巧みに身を翻し、時には曲がった小指をゆるめて裏世界の座標を制御しながら、行く手を阻む障害物をかわしていく。信号機の下をかいくぐり、ぶつかってくる無数の靴を叩き落とし、壁をすり抜けてトンネルをくぐって。廃墟はもはや、騎士を中心としたブラックホールと化していた。あらゆる物体が強烈な重力に従って吸い込まれ、自壊していく。姫の騎士への想いはそれだけ深く、強いのだろう。そこを私たちは、彗星《すいせい》のように駆け抜ける。目指すは重力の外。愛のシュヴァルツシルト半径を抜け出すために、小指さんと私は光を超えんとばかりに加速する。

速すぎて、何も見えない。怖い。目が回る。どちらが上でどちらが下か、わからない。その中を小指さんの、興奮した笑い声だけが聞こえていた。元気すぎでしょう、この人。吐き気をこらえ、目を閉じながら、私はただ小指さんに振り落とされないことだけに専念した。

いつの間にか気を失っていたらしい。

体を揺すられて目を覚ますと、私は宇宙空間に浮かんでいた。

瞬かない星が、頭上のみならず足元にも、側面にも、あたり一面に散らばっている。遠近感がつかめない。おそらく気が遠くなるほど大きい白い衛星が、さらに巨大な黄土色の星に真っ黒な影を落として進んでいく。

悲鳴を上げた私の顔のそばに、小指さんの足が浮かんでいた。

「心配しなくていいよ。ここはしょせん、裏世界だから。自分を強く持っていれば酸欠の心配もないし、宇宙線に体をボロボロにされることもない……」

たぶん、と最後に付け加えたのが気になったが、とりあえず考えないでおく。

「どうして足が上で、頭が下になってるんですか」

「こっちから見れば月子さんの方が逆さまなんだ。宇宙には上も下もない」

言われてみればそうだ。私は小指さんの腕を握り、手繰り寄せるようにして体を近づけ、何とか彼と上下の向きを合わせた。

「見なよ」

小指さんが指さす先に目をやる。

「あれが、僕たちがいた場所だ。お姫様と狼と騎士と廃墟が、交ざり合って食い合って、欲望をぶつけ合った成れの果てだ」

思わず涙が流れそうだった。

あまりにも綺麗だったから。

それは、一つの大きな星のように見える。宇宙空間にぽっかりと浮かびながら、規則的な運動を繰り返している。何が起きているのかは、見つめているうちにわかってきた。ずっと同じことを繰り返しているだけだ。

姫と廃墟が、狼と騎士を包み込むようにして食らう。一方、凝縮された狼と騎士は、黒い液体、あるいは気体と化して隙間から抜け、外側へと溢れ出す。そして今度は姫と廃墟を包み込むようにして、食おうとする。すると潰しきれなかった姫と廃墟が外側に現われ、またも包み込むように狼と騎士を潰していく。

「順番こに食べているんだ。先に手を出したのはこの場合、どっちなんだろうな。一応、男の方か。しかしもはや関係ない。互いをこうして貪れば、男女は対等だ。食欲に似た、原始的な性欲でも、こうして互いに全てをさらけ出し、溶け合ったなら、それは……」

小指さんは嘆息で言葉を締めくくった。

そう、美しい。

姫の清純な白と、狼の媚《こ》びない黒。その二色の間に存在する全ての色が、少しずつ変化しながら星の中を蠢いている。それは幾億の花弁が開いたり閉じたりするようでもあり、ガソリンの浮かぶ虹色の池が渦を巻くようでもあった。あたりの無機質な星々が、姫と騎士の星が放つ光を浴びて、シャボン玉のように揺らめいている。見つめているうちに、全身がオーロラで作られた蛇に、頭から飲み込まれていくような錯覚に陥る。

「凄い」

呟いた私の横で、小指さんがほほ笑んだ。

「恋をする人の裏世界は、劇的だ。何度見てもいい」

「小指さんは、そんなに見慣れているんですか」

「まあね。パターンはあるけれど、それでも展開は全然違う」

「今回は、ハッピーエンドなんですよね」

ああ、と頷く。

「青年は想い人と結ばれた。お似合いの二人だな。まあ、バッドエンドならそれはそれで、面白い裏世界が見られるから構わないんだが」

バッドエンドに終わった裏世界って、どうなるんだろう。あんまり見たくない。

そんなことを頭の片隅で思いつつ、私は目の前の光景に見とれる。

現実世界で起きたことは、大した話じゃない。一人の男性が、一人の女性と出会い、二人で一歩を踏み出したというだけ。どこにでもある、どうということのない出来事。それでもこうして広大な宇宙の中、七色に煌めきながらゆっくりと回転する星を眺めていると……この世の奇跡に居合わせた、そんな気分になってくるのだった。

†

浩太が目覚めると、横で村澤が眠っていた。

村澤も目を開く。ほとんど同時に眠りから覚めたことになるが、むしろそれが当たり前のような気がした。昨夜は、二人で同じ夢に落ちたのだから。

何も身に着けていない村澤の体は、窓から差し込む光を浴びて白く輝いていた。彼女と触れ合っている浩太の体も、同じように光を発していた。昨日の余韻が残っているのだろう。少しずつ頭が現実に戻ってくる。

もう、一つではなかった。浩太と村澤は別の存在だった。しかし一度一つになったことで、確かに二人は変わっていた。

眠そうに瞼をこすり、村澤がほほ笑んだ。

「……良かったよ。浩太君」

噴き出しそうになる。自分はどうして、こんなに恋を恐れていたのだろう。どうしてあんなに、好きになった人と一つになることから、逃げていたのだろう。

「好きだよ、祐子」

恰好《かっこう》つけではなく本心から、浩太は言った。

村澤はにやっと笑って、それから浩太の胸元に頭を近づけるようにして、そっと寄り添った。

これからどんなことが二人を待っているのか、それはわからない。だけどきっと大丈夫……村澤と一緒に歩いて行けば。そう浩太は胸の奥で感じていた。

†

私たちが現実世界に帰ってくると、夜が明けていた。

無事に、帰ってこられた。

心地よい疲れを感じながら、自分の部屋の天井を見上げる。

ふと、お腹がぐうと鳴る。それに応じるように、小指さんのお腹も鳴った。腹をさすって、彼が言う。

「すまないが、空腹だ。残飯か何か、もらえないか」

「どうして残飯を指定するんですか。私も食べたいし、何か作りますよ……ハムエッグとトースト、サラダでいいですか」

「毒でなければ何でもいいよ」

もう少し可愛げのあることが言えないものか。まあいいや。私は台所に向かうと、コンロのスイッチを入れてフライパンを温める。それから冷蔵庫を開けて、卵やらハムやらトマトやらを手際よく取り出していく。

そんな私を、小指さんは壁際に座り込んで、見つめていた。

「あの、ところで。合格ということで、いいですよね」

「え？」

私は背を向けたままおそるおそる聞く。

「テストですよ。小指さん、これはテストを兼ねているって言ってたじゃないですか。

私の記憶では、十分に楽しんでもらえたようでしたし、すごい点数を貰えたような気がしますが」

「あ。ああ……そうだったな」

ぼりぼりと頭をかく音がする。彼は何やら、ぼうっとしているようだ。ちゃんと話を聞いているのだろうか。

「こんなことも、できるんだな……裏世界に自分から関わって、主を動かしてしまうなんて」

ぼそぼそと呟きながら、考え込んでいる。

「これまでの僕はあまりにも受け身だったのかもしれない。しかし勝手に裏世界を弄り回すなんてことが許されるのか？　いや、美学に反していたり、ルール違反であったりすれば追い出されるはず……裏世界の主が望んでいたことの、背中を押しただけとも言えるし……」

私は半熟の目玉焼きをフライ返しで皿に盛りつけると、そのままフライパンにバターを垂らしてトーストを焼く。

「で、どうなんですか。合格ですか、不合格ですか。点数は何点でしたか」

「あ、ああ。点数は忘れたが」

もし不合格だなんて言ったら、小指さんのトーストにしこたまタバスコをかけてやる。だが、幸いにも彼はあっさりと頷いてくれた。

「実に面白かった。次もぜひ、君と一緒に行きたい」

時々この人はとても正直だ。二人分の朝食の皿を持ったまま、私はほっと息を吐いた。

「そうだ、もしかしたら。あの裏世界も……」

「さっきから何を一人でぶつぶつ言ってるんですか」

「ああ、すまない」

小指さんが顔を上げて、私を正面から見た。

「月子さん、次はいつ行ける？　今すぐにでも行きたい裏世界があるんだが」

彼の瞳にはどこか乞うような光があった。出会ってから、初めてのことだった。

「力を借りたい。君なら、状況を変えられるかもしれない。僕はそこの主が気になって気になって、仕方ないんだよ」

ちゃぶ台にお皿を置いて、フォークを並べる。興味深い話ではあったが、私はすぐに返事をすることを避けた。小指さんがこんなふうに言うなんて、一体どんな裏世界なのか。

嫌な予感がした。

NO. 3　果実とプール——樋《ひ》ノ《の》上《え》創《はじめ》の裏世界

樋ノ上創は、少し変だった。

別に両親から虐待を受けたとか、事故でトラウマを負ったとか、生まれてすぐに後頭部を強打したとか、そういったわかりやすい「原因」があるわけではないのに、変だった。それでも、いや、だからこそ矯正が難しかった。彼は他の子供たちと違っていて、成長するにつれてその差は顕著なものとなっていった。

笑わない。それから泣かない。

常に淡々としていて、心が乱れることがなかった。幼稚園児にして、老成した仙人のような佇まい。玩具《おもちゃ》を目の前にいくつも並べて見せても、きょとんとするばかりで反応しない。予防注射の針が腕に突き刺さるのを、他人事のように眺めている。まるで感情を生まれつき持ち得なかったような創を、家族——すなわち両親と、四つ上の姉は随分心配した。特に母親はことあるごとに創に話しかけ、花や蝶《ちょう》を見せ、音楽を聴かせ、彼の情緒を開花させようと努力を重ねた。

その甲斐《かい》あってか、小学三年生の夏あたりから、突然創は普通になった。友達と公園で駆け回って歓声を上げ、宿題を忘れて叱られれば涙ぐみ、姉とお菓子を取り合ってはすねてみせる、どこにでもいる少年になった。

小さな頃のあの奇妙な振る舞いが、嘘みたいだった。

それを見て気が抜けたか、母親はかねてより患っていた心臓病が悪化して急逝。その後、創は順調に育つ。やがて進学し、そして社会に出た。

彼の周りにいる人は、誰も理解できないだろう。

樋ノ上創は小さい頃、この世の全てを「どうでもいい」と思っていたことを。

そして誰も、気づいていないだろう。

樋ノ上創は、その頃から何ら変わっていないということに。

創は治ったわけではなかった。学習しただけである。姉や、他の子供たちの行動を観察し、「こういう場」では「こうする」のが正解だと、その頭脳に蓄積したのだ。

休み時間になったら外に駆け出す。ボールを追いかけ回して笑う。転んだら泣く。先生の言うことは聞く。だがたまに逆らって、叱られて、すねてみせる。そういうもの。人間とは、そういうもの。

数学の公式や英語の文法を学ぶのと同じように、創は人間としての行動様式を頭に叩き込み、実践することで普通を演じた。それはおおむね成功を収め、少々マイペースではあるものの普通の人間、だとみんなに見なされたのだった。

そうして創は、この世界で、この国で暮らしている。お金を稼ぎ、最低限だが人付き合いをこなし、買い物をして、何一つ不自由なく。

しかし彼にとって、世界は退屈である。

次々に目の前に飛び出してくる「単純な問い」に「暗記した公式」をぶつけるだけの日々。面白いわけがないが、まあ、それでも仕方ない。このまま平穏無事に、つまらない一生を終えればそれでいいと思っていた。

もとよりこの現世に大きな期待など抱いていなかったのである。

裏世界で、彼に出会うまでは。

†

小指さんと私との関係に、少し変化が起きていた。

「月子さん。いつなら都合がいい？」

スマホにメッセージが頻繁に届くようになったのだ。昨日だけでも三通来た。

「早く例の裏世界に行きたいんだ。まだか？」

私をパートナーとして認めてくれたらしい。しかし上から目線は相変わらずだ。

「おい月野郎。さっさと時間を空けるんだ。大学なんてどうでもいいだろう、この凡愚」

わかっている。どんなに不安だろうと、どんなに忙しかろうと、結局彼の意向には逆らえない。裏世界に行くには彼の力を借りるしかないのだから。返事を引き伸ばしていた私もようやく覚悟を決めると、「わかりました。行きましょう」とメッセージを送った。ほんの数秒で返事は来た。

「よし、今から行こう」

「今からですか？」

「僕はもう、待ちきれないんだよ。それに今回は少々趣向が違う」

私は眉をひそめ、瞼を擦った。もう夕方である。講義が終わったばかりで疲れているのに。だがメッセージの続きを読んでいるうちに、だんだん眠気は失せていった。

「前回の君の積極的な振る舞いを見ていてね、少し僕も考え方を変えた。今度はただ裏世界を旅行する、だけで終わらせるつもりはない。内側から壊して、隠している本性を引っ張り出してやるんだ。標的は『人間のふりをしている』からね」

小指さん。一体、何をするつもりなんですか。

待ち合わせ場所として指定されたのは、駅前であった。五反田、というその駅に初めて下りて、私はあたりを見回す。見上げるほど大きなビルの向こうで、月が夜空に光っている。繁華街らしい、暖色系の煌めきに満ちた商店街の入り口が見える。近代的な一方で、どこか雑然とした印象があった。

「オフィスが多いんだ」

赤い顔をして改札を通っていくサラリーマンたちの向こうに、グレーのシャツと黒いズボンを穿いた小指さんの姿があった。

「日中は社員証を首から提げた会社員が、きびきび歩き回ってる。日が沈むと酒を飲んでふらついてる。彼らを狙う風俗やキャバクラの呼び込みと、癒やしを提供するマッサージ店の看板。理性と欲望がごちゃ混ぜになった街さ」

小指さんはいつもより饒舌《じようぜつ》で、機嫌が良かった。そして腕時計を確かめると、顎でくいと方向を示した。

「時間通り。これから行く裏世界の主を紹介しよう。立ち並ぶ看板に目もくれず、真っ直ぐに歩いてくる男が見えるね」

これだけ無数に人がいて、ただ一人の人間を見分けられるものだろうか。そう思ったが、意外にもはっきりと認識できた。三十歳くらいの背の高い、痩せた男。尖った顎、銀縁の眼鏡、細い唇。神経質そうな風貌だったが、目だけがとろんと垂れ、しまらない印象だ。高そうでも安そうでもないスーツ、革靴、腕時計、リュックサック。

ゆっくりと歩き、私たちの前を通り過ぎていく。

「便宜上、彼を『スイマー』と呼ぼうか」

「スイマー？」

「ぴったりの呼び名だ。彼の裏世界に行けばわかるよ」

別に筋肉が発達しているわけでもなく、水泳とは結びつかない。そもそも彼は、およそ個性というものに欠けていて、集団に埋没している。通行人は誰も、彼に目を留めない。だが、埋没しすぎていることがかえって気になる、という感じだ。私と小指さんだけが、スイマーをじっと見つめていた。

「今、十九時十一分。スイマーは三分後のバスに乗って帰る。だがまず、時間を確かめる」

小指さんの言葉通り、男はバス停の近くまで来たところで、腕時計を見た。

「次に、バスの時刻表を見る。わざわざ行列の最前列まで行って」

男は時刻表を眺め、腕時計と見比べてうん、と頷いた。そして納得したように列の一番後ろに並んだ。

「必ずそうするんだ。変だと思わないか？　毎日同じ時間のバスに乗るんだ。時刻表なんて覚えているはずだろう」

「癖なんじゃありませんか」

「癖？　さあ、どうかな……」

男のあとに三人ほど並んだところで、私たちは同じバス停に並んだ。バスがやってきた。開いた扉に客が乗り込んでいく。標的の男はポケットから財布を出し、カード読み取り機にかざす。ピッという機械音とほぼ同時に、運転士に頭を下げ、奥に進んで吊革《つりかわ》を掴んだ。

「僕の分も払ってくれ」

姑息《こそく》にも小指さんは私の後ろに回り、ぐいぐいと背中を押した。仕方なく私は二人分の運賃を払い、バスに乗り込む。

「見てご覧よ」

混んでいたが、人の隙間から男が見えた。片手で吊革を掴み、片手でスマートフォンのゲームをやっている。

「パズルゲームですね」

「パネルを三枚揃えて消し、得点を稼ぐアプリだ。一定以上の点が取れれば次のステージに行けるんだが、ずっと最初の五ステージだけを繰り返しプレイしている」

「え？　同じステージだけやってるんですか」

「そうだよ。それも、ランダム性のないゲームでね。同じ手順でクリアするから、得点も毎回全く同じなんだ。五ステージまでやると、ちょうどゲーム内のスタミナが切れる。すると今度は電子書籍で漫画を読む。これも毎回同じ。『ドラえもん』の十二巻の、第三話から第五話まで。彼、ドラえもんは全巻買っているのに、他の巻は一切読まない……」

男は小指さんが言った通りの行動を取っていく。傍目《はため》には仕事帰りに暇を潰しているだけにしか見えない。だが、毎日全く同じことの繰り返しだと聞くと、異常な人物にも思えてくる。ドラえもんが走り回るシーンを見つめる、とろんとした目。

「同じ手順を繰り返したい人なんでしょうか。毎日決まったやり方で過ごしたい人って、一定数いると思いますが」

「そういうのとは似て非なるものさ、これは……」

小指さんは首を傾げた。

「まあ、君のような凡人には理解できないかもしれない。僕にはスイマーの気持ちがよくわかる。やつは自分をいくつものルールで縛っている。それは決して、ルール通り生活できたから嬉しい、といった動機ではないんだ。彼は怖いんだよ。ルールの拘束が解かれた時、自分が人間ではなくなってしまうと知っているから。その時何をしでかすのか、自分でもわからないから」

細々と、しかし確信を持った口調で続ける。

「そう、知っているんだ……自分は人間ではない、人間を演じている別の何かだと。

でも僕はね、化けの皮が剝がれたその何かと、会ってみたい。きっと話が合うと思うんだよなあ」

平静を欠いた様子で、小指さんはくすくす笑っていた。

†

孤独。

物心がつき始めた頃の創が感じていたことは、それにつきる。

公園で、子供たちが走り回っている。四歳の創は大人しくベンチに座り、ぼうっとその光景を眺めている。ほとんどが同じ幼稚園の、同じたんぽぽ組の園児たちだ。中には一つ下のゆり組の園児や、園児たちの兄姉か、小学生も交じっている。

一体何が面白いんだろう。

互いを追いかけながらジャングルジムの周囲をぐるぐる回る、その行為の意味が創にはよくわからない。みんな笑ったり、目を丸くしたり、叫んだりしている。創にはそれもまた、よくわからなかった。何の意味があるんだろう。どういうルールなんだろう。どうしてずっと続けているんだろう。

下らない、と見下しているわけではない。羨ましい、そこまで思ってもいない。ただ、わからないのだった。

「創。滑り台する？」

横から母親が話しかけた。創は黙って首を横に振る。

「ぶらんこは？」

同じく拒絶する。高い所から低い所に下りる。振り子のように前後に揺れる。やはり何の意味があるのか、わからない。やれと言われたらやってもいいが、好きにしていいなら動かずじっとしていた方がいい。

困った母親は項垂れ、すぐに失意を隠して微笑んだが、その表情の変化すらも創にはよくわからないものだった。

創は漠然と思っていた。

僕に見えないものが、みんなには見えているとしか思えない。だけどそれが何なのか、見当もつかないんだ。

「これ、あげる」

ふと、一人の女の子が創の傍《そば》までやってきて、ハート形の包みを差し出した。折り紙やリボンで綺麗に飾り付けられている。

同じ組の、同じ班の子だ。だが、なぜ彼女の手が震え、顔が赤くなっているのかはわからなかった。創はあっさりと答えた。

「いらない」

「チョコ……なんだけど」

「いらない。今、お腹減ってない」

女の子の表情が歪む。横からそっと母親が耳打ちした。

「受け取るだけ、受け取ってあげたら？　創。無理に食べなくてもいいんだし」

「あとで捨ててもいいの？」

「え？　そうね、残念だけど捨てるとしても、気持ちを受け取って、お礼を伝えたらどうかしら」

「わかった」

創は立ち上がり、女の子から包みを受け取る。

「ありがとう」

頭を下げると、女の子がほっと息を吐いた。

そして創は彼女の目の前で、包みをぽいと横に投げ捨てた。カラフルな包みは泥水の中に落ち、無残にも茶色く染まった。母親が息を呑み、女の子はしばらく目を見開いていた。

やがて女の子に変化が起きた。髪を逆立て、目を充血させて何事か怒鳴った。地団駄を踏み、拳を握りしめ、創を睨みつける。そして鼻息を荒くして、両手で顔を押さえて。肩を震わせながら、立ち去っていった。

「あなた、どうして……」

押し殺したような声に顔を上げる。

「どうしてそうなの。あの子だけじゃない。あなたにとっても、悲しいことなのに」

母親の目から、水が溢れて落ちていた。しばらく母親はそうして創を見つめていたが、やがてハンカチで顔を拭い、女の子の方に向かって駆けていった。創はただ、母親の背中を見つめていた。母親が女の子に追いつき、声をかけて、頭を下げている様を眺めていた。

何だったんだろう、今の。

ベンチに一人置いて行かれた創に、風が吹き付けては通り抜けていく。

†

私と小指さんは、スイマーがバスを降り、市営アパートの一室に帰宅するのを見届けると、すぐ近くのファミレスに腰を落ち着けた。小指さんはお冷やを口に運び、私はフライドポテトをかじった。

「あの男と、裏世界を見つけたのは一年以上前なんだ」

「結構前ですね」

「ああ、目をつけて以来定期的に尾行し、裏世界の観察も続けていた。僕はね、旅行先を見つける時には大きく分けて二つの方法を使う。一つ目は運任せのやり方だ。この小指で適当な周波数にチューニングして、いきなり裏世界に入ってしまう。ラジオで適当に選局ダイヤルをひねるような感じさ」

小指さん曰《いわ》く、人間はそれぞれ特有の周波数、心の振動を持っているのだという。共振さえすればどんな裏世界でも覗けるそうだ。

「ただ、誰の裏世界に入るかはわからないけどね。地球の反対側、ブラジル人の裏世界かもしれないし、宇宙空間で行動中の宇宙飛行士の裏世界かもしれない」

だが、と小指さんは紙ナプキンでさっとコップの露を拭く。

「君もそのうちわかるだろうけれど、つまらない裏世界も多くてね。入ってがっかりすることもあるんだ。だから滅多《めった》にやらない。たいていは、二つ目の方法を使う」

ひょいと私を指さす。

「すなわち街をぶらついて、面白そうな奴を見繕い、尾行して、そいつの裏世界に周波数を合わせて入る。月子さんの裏世界にも、そうして入った。こないだの大学生の裏世界にもだ。見物しがいのある裏世界を見つけるには、これが一番打率がいい。何日か観察していれば、面白そうかどうか、見当はつくからね」

「何だかストーカーみたいですね。いつ、どこで私を見かけたんですか」

「今更どうでもいいだろう。とにかく、そうして見つけた中で最も興味をそそられたのが、今回の男なんだ」

小指さんは勝手に私のフライドポテトを数本つまみ、お冷やに浸した。同心円状に油膜が広がっていく。十分油と塩を落とした後、冷えたポテトを皿の上に置いた。

「初めて出くわした時から何か異様なものを感じていたんだけどね。調べれば調べるほど、期待感が募るんだ。いいかい、スイマーは三十二歳」

ごくっと唾を飲み、身を乗り出して続ける。

「水質検査を請け負う会社で働いている。毎日同じ時間に、同じ場所から同じ量だけサンプルを取って、同じ試薬で同じ検査をこなし、報告書を作る。作業はほとんど変化がなく、残業もまず、ない。判を押したような日々。趣味はボウリングで、時々は酒を飲む友達もいる。付き合いがないわけじゃない。だけどさっき見たとおり、決まったことをひたすら繰り返すだけ。ボウリングは必ず第三土曜日に、一人で三ゲームして帰る。飲み会は毎週木曜日、七時から九時までの間にビール、ハイボール、ハイボールと三杯呑み、帰りに駅前で一本だけ煙草《たばこ》を吸う。信じられるかい？　一年間、全く同じなんだ」

「ちょっと神経質なだけけって気もしますけど」

「これは一例だ。彼を調べれば調べるほど、わかってくるのはルールだけ。人柄とか、性格とか、そういった人間性が感じられない。まるで規則が、彼の輪郭を形作っているよう」

小指さんは冷やしたポテトを並べて四角く枠を作る。その上にポテトを立て、組み合わせ、塔のようなものを作っていく。食べ物で遊んでいる姿は好きになれないが、口を挟めないほど真剣だった。

「スイマーは毎日必死に決まりを守っている。誰に強制されたものでもない、自分で作ったルール。まるで言い聞かせているみたいじゃないか。自分はやれている、人間としてやっていけているのだと。聞こえてはこないか。内側に潜む狂気を、必死に秩序の鎖で押さえつける、その軋みが、叫びが」

薄ら寒い笑み。

「いつか限界が来る」

皿にポテトで五重の塔が立つ。細長く、頼りないそのデンプンの柱に、長く重みを支える力はない。下の方は曲がり、今にも折れそうだ。

「ボウリングのスコアだけどね。初めのうちは、気にする様子はなかったんだ。せいぜい二ゲーム目の三投目は必ずガターにするくらいで、適当に投げていた。ボウリングをするという決まりを守れば、それで良かったんだろう。それが少し前から変わった。スコアも毎回同じにしなくては、気が済まなくなったんだよ」

　小指さんはポテトタワーから手を離し、かすかに震えるそれをそっと見守る。

「一ゲーム目が百。二ゲーム目が百四。三ゲーム目が百十四。何の意味があるのかわからないけど、彼はどうしてもそれを守りたくなったらしい。しかしプロボウラーじゃあるまいし、そううまくいくものじゃない。三日目でさっそくスコアがずれて、愕然《がくぜん》としていたよ。わかるかい？　もう、積み過ぎなんだ……」

　塔は今にも崩壊しそうだ。それでも一本一本のポテトが必死に持ち場で踏ん張り、形は歪めどなかなか崩れない。あちこちが軋み、じりじりと終わりが近づく。

「際限なく膨らむ狂気を押さえつける重石は、どんどん重くしていかねばならない。だが、積めば積むほど崩れやすくなる。崩れた時の被害も大きい。もちろん、まだ持ちこたえている。だけど何かのきっかけで、そう、あとちょっとだけ背中を押してやれば、脆《もろ》くも……」

　思わず皿を見つめていると、小指さんが腕を差し出した。

「最も見ていて面白いのは、完成された構造物ではなく、今にも崩れそうな危うい構造物だとは思わないか。崩壊の先に待つものへの期待も含めて」

　私は小指さんの顔と、腕とを見比べた。

　嫌な予感は消えない。この裏世界旅行は、きっとこれまでとは違う旅になる。だけど、怖《お》じ気《け》づいているところを見せたくはない。ヘアクリップは持っている。狼と対《たい》峙《じ》した裏世界で、度胸もついたはずだ。

「いつでもどうぞ」

私は平静を演じつつ、彼の腕に触れる。曲がった小指が動き出す。

「始めるぞ」

気が遠くなる。皮膚が蒸散していく。目の前が光り輝き、闇が溢れ、流星群の真ん中に突っ込んでいくようにスクロールして。

そして世界は反転する。

どことも知れぬ、心と心の狭間《はざま》を落ちていく。もう慣れたもので、気持ち悪い感じもしない。小指さんが私の腕を摑んでくれている。その熱い掌が羅針盤となり、裏世界へと連れて行ってくれる。吹き上がる風と、叩きつけるような波。体が翻弄されるが、心配はいらない。彼に任せていればいいのだ。

そうすればいつのまにか私は裏世界で、小指さんの横に立っている——

はずだった。

「あっ」

掌が外れた。小指さんが離したのか、あるいは私の気が緩んだのか。私は一人、虚空へと放り出される。光り輝く出口へ矢のように突き進む、小指さんの背中が見えた。

待って。

私を振り落としたと気づいていない。叫ぼうとしたが、口に闇が吹き込んできて、声にならない。追いつこうとしてもがいても、手が虚《むな》しく空中をかく。竜巻に放り込まれたみたいに、私の体はぐるぐる回転し、持ち上げられ、突き落とされ、すぐにどちらが上でどちらが下かもわからなくなり、何も見えなくなった。

……ここは、どこだろう。

足が重い。私は顔を上げる。いつの間にか、地面がある。私はそこにへたり込んでいた。風も波も消え、静かだ。

見ると、足が地中にめり込んでいる。驚いて持ち上げると、大して抵抗感もなく抜けた。空中で、クリスタルガラスのように透き通った粒が、淡く七色に輝きながら、さらさらと舞う。ほっと息を吐いてまた地面を踏んだが、やはりすぐにめり込んでしまった。

両の足首を砂に埋めながら、立ち上がり、あたりを見回した。

私は広大な砂漠にいた。

細かく、美しく、軽く、きめの細かい砂が降り積もった大地。うねる砂丘がどこまでも続いていたが、砂紋はない。のっぺりとしたその表面。空は日没直後のような、僅かにグラデーションを帯びた濃い青色に塗りつぶされている。太陽はもちろん、月や星さえない。雲一つ、浮かんでいない。

白い砂漠と、群青の空。

その二つが私を上と下から挟み込んでいる。他に形を持ったものは、何一つ見当たらなかった。殺風景なんてものじゃない。風も吹いていないし、音も聞こえてこない。時間が止まっていないか、不安になったのは初めてだ。抽象絵画の中に取り込まれてしまったよう。

だんだん怖くなってきた。これがスイマーの裏世界だというのなら、その心はどれだけ空虚なのだろう?

必死に小指さんの姿を捜したが、どこにも見当たらなかった。あたりを歩き回ったり、大声で呼びかけたりしてみたが、成果はない。

からかわれているのだろうか。いや、あれだけ私を裏世界に連れて行きたがっていた小指さんが、この期に及んで回りくどい真似《まね》をするとは考えづらい。

はぐれてしまったのだ。

「こんなところで一人にされて、どうしたらいいの」

思わず弱々しい声が出る。再びへたり込んで、お守りの存在を思い出した。なかったらどうしよう、とポケットに手を入れる。ちゃんと固い手ごたえがそこにあった。

「とにかく、現実には帰れるわけか……」

メタリックピンクのヘアクリップを取り出して、じっと見つめる。それから慎重にポケットへと戻した。砂の中に落として、なくしでもしたら大変だ。

私は顔を上げた。

「なら、行けるところまで行ってみよう」

砂に埋まった右足を上げ、一歩踏み出す。さく、と足が沈み込む。次は左足。隙間から砂が入り込み、靴はずっしりと重くなる。これじゃ履いてる意味がないな。私は靴を脱ぎ、砂の上に並べて置いた。素足の裏に、冷たい砂の感触が心地よい。

足跡はほとんど残らない。さらさらとした砂が、足跡に入り込み、すぐに覆い隠してしまうからだ。砂丘を一つ越えると、また別の砂丘が見えた。それを越えると、さらに別の砂丘が立ち塞がる。私は淡々と足を動かし、砂丘をいくつも越えていく。どこまで続いているのだろう。

振り返っても、どの方向を見ても、同じような光景ばかり。だんだんわからなくなってくる。私は果たして真っ直ぐ歩いているのだろうか。方向はわからない。目標物もない。同じところをぐるぐる回っているのかもしれない。

背後に目を細めると、遠い砂丘に二つ、微細な影が並んで見えた。

あれは靴だ。さっき脱ぎ捨ててきた、私のスニーカーだ。大丈夫。進んでいる。

私は再び前を向く。靴から少しでも遠ざかろうと、また砂をさくさくと踏んでいく。滑らかな感触。顔を上げると、さっきまでただ青いだけだった空に、ほんの少しだけ変化があった。オーロラに似た虹色の光が、ちょうど絵筆を筆洗につけた時のように滲み、広がって、やがて消えた。

†

創が人生の手がかりを得たのは、幼稚園の年長になった夏の遠足だった。遠足と言っても母親同伴で低山にロープウェイで上り、頂上で弁当を食べて帰ってくるだけだ。

その日もおそらく、母親は創に色々と話しかけていたのだろう。ほとんど無反応なばかりか、遊びの誘いにきた友達を無視し、華やかなおかずやお菓子にも関心を示さない創に、悲しんだり怒ったり、笑いかけたりしていたはずだ。幼稚園で整列し、駅まで手を繋いで歩いている時も、ロープウェイで順番待ちをしている間も、木陰でただ座って過ごした自由時間中も。

だが、創にとって重要だったのは、全く別のことだった。きっかけは、飛んでいた蝶だった。

目玉模様の入った、茶色い羽の小さな蝶。地味で汚いその蝶を、何とはなしに創は目で追っていた。母親は疲れたのか、うたた寝をしていた。だから創が蝶を追い、その場を離れても、誰も気づかなかった。

広場から脇道に入り、そのまま茂みの中に入り込む。しばらく進んだところで蝶は遙か高くに飛んで行った。なるほど、と見届けて戻ろうとした創だったが、もう帰り道がわからなくなってしまっていた。

ほんの少し、道から外れただけなのに。森の中は、どちらを向いても同じように見える。背の低い幼稚園児には見通しも利かない。直感を頼りに歩き出した創だが、進んでも進んでも、一向に登山道らしきものは現われない。近くに、母親と先生たちがいるはずなのに。ただ緑の葉と、枝や根が行く手を阻む。

しばらく歩き回り、ようやく視界が開けたと思ったら、崖に出た。遙か下方に森と、家々の屋根が小さく見える。

疲れた。

創はその場に座り込み、ぼうっと景色を眺めた。気持ちのいい風が吹いている。何だか湿った気配もする。道に迷った不安や、母親とはぐれた心細さなどはなかった。それより、汗腺が沸き立つとでも言うか、不思議な期待感があった。

遠くから太鼓を鳴らすような音が近づいてくる。黒い雲が、にわかに集まってきた。

創はいつの間にか、大空に起きる変化に目をこらしていた。なぜだか、そこから目を離せなかった。瞬き一つすら、惜しかった。

ぽつ、ぽつと雨が落ちる。

創の足元に黒い点が生まれ、次から次へと増えていく。湧き上がる土の匂い。植物たちがそっと気孔を閉じる気配。あっという間に豪雨となった。

滝のように雨が降る。空で水が渦を巻き、風の中で踊りながら、四方八方、暴れ回っているのがわかる。創の全身に、これでもかと叩きつけられる、液体。幼稚園の体操着はすっかり濡れ、ぴったりと肌にくっついている。そして、天が光った。

数度、鮮やかな瞬きのあと、一億ボルトの電圧が、空中を無理やり切り裂いて地を目指した。激しい摩擦によって熱せられた空気は、一瞬にして太陽の表面温度をはるかに超える高温に変わり、凄《すさ》まじい衝撃波を吐き出す。

地球を揺るがす音がした。轟音は続けざまに鳴り、山と山の間で反射しながら、幼い創の鼓膜をしたたか打つ。

ああ。

創は怖がらなかった。ただ、震えて立ち尽くしていた。もっと空を全身で感じたくて、両手を広げた。

見下ろす先、ビルの避雷針めがけて、一筋の電光が落ちる。台所中の食器をぶちまけたよりも、もっと凄まじい音。黒雲の切れ目からは太陽がまだ、覗いている。爽やかな日差しと、猛烈な雷雨がごちゃ混ぜの空。風は吹き荒れ、雲は形を変え続ける。

これだったんだ。

いつかの公園の光景を、思い出していた。チョコレートを差し出した女の子。創が包みを投げ捨てた時に起きた、変貌。喉から吐き出されるかまびすしい声、踏みならされる地面。

あの子の中で起きていたことが、ようやく理解できた。

雷は十回も落ちただろうか。すぐに収まり、雨脚も弱まり始めた。やがて空を灰色の雲が覆い隠すと、霧雨に近い細かい水滴が辺り一面に降り注ぐ。さあさあという音はどこから聞こえるのだろうか。木にも、地面にも、創にも、一滴一滴が落ちるたびに微かな声を立てるのだろう。それらが合わさって、この繊細な歌を作り上げる。

誰も、大きな声を上げはしない。自己主張などしていない。ただ押し殺したように、うめくように。与えられた重みに耐えきれず、思わず溢れて零れおちたものが、そっと乾燥した土に吸い込まれていく。世界中でそれが起きている気配。

母親が、創に向ける視線。潤んだ瞳、震える肩。

「どうしてそうなの。あの子だけじゃない。あなたにとっても、悲しいことなのに」

頭の中で響き渡る声。

そうか、これか。あの時母親の中で起きていたのは、この雨だ……。

「創！」

叫び声が聞こえた。今度は想像じゃない。振り返ると、母親が駆けてくるのが見えた。横には雨合羽《あまがっぱ》を着て、懐中電灯を持った先生たちの姿もある。

「だめじゃないの、勝手にどこかに行っちゃ」

鳶《とんび》が獲物をさらうように、母親は創を抱きかかえた。きっと創を睨んでから、やがて母親はほろほろと泣き出した。広げた水玉模様のレインコートで創を包み、さらにその上からもう放さないとばかりに強く、ぎゅっと抱きしめた。温かかった。

目も口も半開きで、虚脱状態になっている創に、先生方はうろたえていた。だが、雨に打たれて少し体が冷えた程度で、傷や怪我がないことがわかると、みな安心して笑った。

創はしばらく、歩くこともできなかった。それほどの衝撃があった。

そうか、みんなこれを見ていたのか。これを秘めていたのか。表情も、叫び声も、これの現われだったのか。やっとわかった。やっと、自分にも見えた。

一歩前進した、と言えるかもしれない。だが、創の前には新たな問題が立ちはだかっていた。即ち、他のみんなは簡単にこれを理解しているということ。それだけ創は、他の人間とは違っているという事実である。

チョコレートを捨てて即座に反応できる他人と。一年半が過ぎた遠足で、荒天を目の当たりにしてようやく理解できる創。両者の隔たりはあまりにも大きい。足並みを揃えることすら難題だ。

創がまともにこの世界で生きて行くには、工夫が必要らしかった。

†

「この盆暗、一体どこに行っていたんだ」

私が裏世界から戻ってくるなり、小指さんが文句をつけた。かなり不機嫌そうな顔だ。聞くと、彼は随分前に現実に帰ってきていたらしい。窓の向こうはすっかり朝の爽やかな光に満たされ、ファミレスの店内はモーニングを食べに来る社会人や、老夫婦たちで溢れている。卵焼きや珈琲の鼻をくすぐる香気。

「こ、小指さんこそ」

私はすっかりぬるくなってしまったお冷やを口にふくみ、舌を湿らせる。砂漠で握りしめたヘアクリップは、現実でも私の右手に握りしめられていた。

「私を一人きりにして、どこにいたんですか」

「僕はちゃんと、スイマーの裏世界に行ったさ。何度も行ったところだからね、間違えようもない。君がいつの間にかいなくなっていたんじゃないか。勝手な行動をされちゃ困るんだよ。一回きりなら潰れたカエルみたいに這いつくばって謝罪すれば許すが、今後は……」

「勝手な行動って。私だって好きで一人になったわけじゃありません。小指さんが途中で手を離したんじゃないですか。おかげで延々、砂漠を歩き回りましたよ」

小指さんが眉をひそめる。

「なに、砂漠だと?」

「はい。行けども行けども、何もなくて。空っぽで、寂しくて、怖くて……靴を脱ぎ捨てていったんです。でも、いつの間にかぐるぐる回っていたみたいで。三回、靴のところまで戻ってきたところで、諦めて脱出したんです。本当に、疲れました」

首をひねり、小指さんが考え込んでいる。さすがに説明が乱暴すぎたかと思っていると、思わぬ言葉が飛び出してきた。

「プールじゃないのか」

今度は私が困惑する。

「二十五メートルプールのあるスイミングクラブじゃなかったか、裏世界は」

「いえ、砂漠ですよ。何ですかプールって、変な裏世界」

「何にもない砂漠だなんて、そっちの方がおかしいだろう。そんな裏世界、ありえない……いや」

がりがりと小指さんは頭をかいた。

「どこかで遠い昔、あったかもしれないが……とにかく、滅多にないのは間違いない。おかしいぞ、一体何が起きてるんだ」

私たちは顔を見合わせる。小指さんにわからないのに、私にわかるわけがない。

「ちょっと互いの状況を整理しよう」

小指さんが店員を呼び止め、二人分のモーニングセットを注文する。それから改めて座り直した。

長い話になった。

まず、私は「砂漠の裏世界」について事細かに説明するよう求められた。しかし、そんなに話すほどのこともない。何にもなくて、何も起きなくて、ただ空虚な裏世界である。小指さんは時折頭をかきながら、聞いていた。

それがすむと、今度は小指さんが「プールの裏世界」について話してくれた。

「ごく普通の、古めのスイミングクラブを思い浮かべてくれればいい。二十五メートル、七レーンの、まあよくある室内プールだ。プールサイドには洗眼器やシャワーがあり、使われていないが洗体槽もある。銀パイプの棚にはビート板が並んでいる。温水なのはいいが換気は弱めでね、蒸し暑くて塩素くさい。音もぼんやりと響く。窓は不透明で、ちょっと緑がかっている。あれは苔でも生えてるのかな」

「裏世界の中に、そういう施設があるってことですか」

「違う。プールと、更衣室と、資材倉庫と、トイレ。これが裏世界の全てなんだ。地図を見る限り二階や玄関もあるようなんだが、階段の扉が開かない。外に出ることもできない。ほら……ゲームなんかでそういうのがあるだろ。そもそも入れない部屋。扉があっても張りぼてで、ただの壁と同じ」

「何だか不気味ですね」

「まあね。そして、標的の男は、そこでずっと泳いでいるんだ。文字通りのスイマーなんだよ」

　ますますわけがわからない。

「プールにはいつも人がいる。老若男女色々だけど、みんなどこからかやってきては、適当に泳いで、またどこかに消えていく。たぶんあれは脇役で、大した意味はないと思う。スイマーの話をしよう。彼はやってくると、まず準備体操をする」

　あの背の高い痩せた男が、海パンを穿いて帽子をかぶり、いっちに、いっちにと体操をしているのを思い浮かべる。

「それから泳ぐ。毎回必ず十二往復するんだ。クロール、背泳ぎ、平泳ぎ、それぞれ一往復ずつ。三往復を一セットで、四セット。ちなみに一往復で手足を何回動かすかも、決めているはずだ。几帳面《きちょうめん》だね。セットの合間にはトイレに行ったり、プールサイドのベンチで休憩したりもする。たまに他のスイマーと何やら世間話していることも」

「それをずっと、小指さんは観察してるわけですか」

「そうだよ。世間話の内容にも聞き耳を立てている」

「どんな話だったんです」

「他愛もないことさ。今日の塩素は少し濃いだとか、最近足が攣《つ》ることが増えた、年かもしれないだとか。今日は一杯やりましょう、とプールの水を酌み交わしているのも見た。たまには上司に付き合えよ、と一緒にトイレに入っていくこともあったな。何をしているのかと思ったけど、普通に連れションして出てきただけだった」

　裏世界の奇妙さには慣れてきたつもりだったが、もう頭を抱えてしまいそうだ。

「その日のノルマをこなしたら、プールサイドで体操してシャワーを浴びる。プールの水を夕食代わりに飲み、更衣室に入って、青いベンチでバスタオルをかぶって眠る。ある程度寝たら起き上がって、また泳ぎに行く……裏世界の毎日は、この繰り返しだ。実に規則正しい」

「でも、やってることは現実と似てますね。会社に行って、バスで帰って、決まり切ったことの繰り返しという話でしたから」

そうなんだ、と小指さんは大きく頷く。

それから水をストローで攪拌《かくはん》してからちゅっと吸う。ただのお冷やに、レモンポーションを大量に入れたものだ。見ているだけで唾液が出る。

「興味深いのはプールだ。深くて、水深五メートルほどあるんだが……」

小指さんは手帳を取り出して広げた。

「底で、巨大なブレードが回転しているんだ」

私は瞬きする。何を言っているのか、理解できなかった。

「換気扇の化け物のような形でね」

ボールペンでさらさらと、小指さんは手帳に絵を描いてみせる。円形で、放射状に刃《やいば》が出ている。それがぐるぐる回っているという。直径は黒板二枚ほどあり、人間もすっぽり入ってしまうサイズ。それがいくつも隙間なく、プールの底に配置されているのだ。

「スイマーたちの話を聞いたところによると、プール内のゴミや汚れを排出する装置みたいだ。回転はそんなに速くないが、近づけば人間も吸い込まれかねない」

「危ないじゃないですか、そんなプール」

小指さんは眉をぴくりと動かしただけだった。

「水深五メートルあるんだぞ。わざと深く潜りでもしない限り、危険は全くない」

「でも、溺れるかもしれません」

「監視員がいる。常に監視台から目を光らせていて、トラブルが起きたらすぐにかけつけて、引き上げてくれる。実際に見たんだが、迅速なものだよ」

「じゃあ、危険はないんですか、本当に……」

小指さんは首を横に振った。

「いいや。年に数回、ブレードに吸い込まれる事故が起きるそうだ。いいか、もう一度言う。普通に泳いでいる限りは何の危険もない。溺れても監視員が即座に助けてくれる。そんな中、ブレードに人間が吸い込まれるとしたら、可能性は一つしかない」

背中を冷たいものが走った。

「自分から、飛び込む……ですか」

小指さんは黙っている。だが、目が肯定していた。

プールで同じように同じだけ、泳ぎ続ける毎日。泳ぐその下には回転刃がある。一歩道を踏み外せば、肉体はばらばらに粉砕されて、どこかへ排出されるだろう。その向こうに何が待っているのかは誰にもわからない。

だが少なくとも、未知の世界だ。プールと更衣室とトイレの往復だけの、決まりきった世界とは別の場所。

「体操。三往復。四セット。ノルマと、時間通りの行動。スイマーはルールを守り続けている。それを繰り返していれば、何の問題もないからね」

　囁くような小指さんの声。

「これは自分を守るために課したルールだ。時折プールサイドから、プールの底を見つめるまなざし。塩素水を飲みながらふと、首を傾げる仕草。他のスイマーと仲良く連れションしながらも、心の奥では納得できていない表情。全てが物語っているんだよ。ルールで自分を縛り付けておかなければ……彼は、刃に飛び込んでしまうだろう。なぜなら自分がいるべき場所はここではないと、無意識に感じているからだ」

「飛び込んだら……どうなっちゃうんですか」

　ぺろり。小指さんが、舌で唇を舐める。

「まさにそれを僕も知りたいんだ。賭けてもいいが、彼は一生、同じことを繰り返して老衰で死ねるような人間じゃない。どこかで爆発する。それが数日後なのか、何十年も先なのかはわからないけれど」

　それから私の目を見て、にやりと笑う。

「どうだい？　手っ取り早く、彼の背中を押してみたくならないか」

　とても同意できない。むしろ、どうしてそこまでえげつない発想ができるのか、知りたかった。

†

小学校に上がる前に、創は理解した。自分は人間よりも、山とか、雨とか、雷とか、そういうものと近しい間柄なのだと。そして悩み始めた。自分はどこで暮らしていけばいいのか。自分がいるべき場所は、どこなのか。

すぐさま家を飛び出して、あの遠足で行った山に登り、文明と隔絶された暮らしをしてもよかった。虫や木の実を食らい、何なら登山客の残飯を漁って、何とか一人で生きていくことはできるだろう。子供らしい浅はかな目算ではあったが、そもそも、生きていけなくてもよかった。死んで、朽ちて、山の土となり、木々の肥やしとなり、空中の塵《ちり》となって水蒸気たちを集め、雨粒として天から落ちるのなら、わりと満足だったのだ。

小学生になり、一人で遊びに出かけても良いことになった。玄関で靴に足を突っ込み、マジックテープで固定して「いってきます」と挨拶をする。そのたびに今日こそ山に行こう、もうここには戻らない、と心に決める。

だが、母親はどんな作業をしていようと必ず手を止めてやってきて、こう言うのだ。

「五時までには帰ってくるのよ。行ってらっしゃい」

その言葉と笑顔とが、いつも創の決意をぐらつかせた。

理由はよくわからない。実際に山に入った日もあった。だが、暗くなってきてカラスが鳴き始めると、帰らなくてはならない気がしてくる。きっと母親は、創がどこに行ったのか気にしているだろう。創の夕食をこしらえ、食卓を整えているのだろう。

今、帰れば何も起きない。

母親の心の中は静かな凪《なぎ》のまま、今日を終えられる。しかし創が帰らなければ、天候は崩れ、きっと大きな災害になる。それを思うと、今日でなくてもいい気がしてくる。重い体を持ち上げて、家に向かって歩き出してしまう。

決行を一日、また一日と引き延ばしていく。

学校で友達はできなかったし、先生の話はよくわからなかったが、とりあえず大人しくしていれば問題はなかった。そうして日中をやり過ごすと、外をうろついて山に入るかどうか考え、結局五時までに戻ってきては、ご飯を食べてお風呂に入って、母親にキスをして寝床に入る。そんな風にして創は日々を過ごしていた。

†

またか。

見覚えのある砂漠に降り立ち、私はため息をついた。

今度こそ絶対に手を離さないように、と小指さんに念を押された。私もしっかりとしがみついていた。はず、だったのだが。裏世界に行く途中、掴んでいた腕は握りしめた雪玉みたいにかき消えて、あっと思った時にはまた独りぼっちになっていた。きっと小指さんは、プールの方に行っているのだろう。そっちと比べて、砂漠のなんと空虚なことか。

落ち込んでいても仕方ない。あてもなく私は歩き始める。

粒の細かい砂の感触は心地よい。けれど、触っているうちに気味が悪くなってくる。小麦粉の上を歩くよう。ほとんど抵抗感がなくて、私の足にぴったりとまとわりつくものだから、何だか……ふとした弾みで、砂漠に沈み込んでしまいそう。いや、正確に言うなら、境目がなくなってしまうような感じだ。一歩、踏む。ほとんど音もなく右足が沈み込む。そっと踏み込んで、今度は左足を持ち上げて、踏む。左足も、ほんの微かな肌ざわりと共に砂に包まれる。続けているうちに、どこまでが私で、どこからが砂なのか、曖昧になっていく。砂の上でもがいている私も、また砂なんじゃないかという気がしてくる。

そう、全ては砂なのだ。そう考えたって不都合はないはずだ。

だってこの砂漠には砂しかない。他のものは何一つない。完全な不毛の地だ。私だけが砂じゃないなんて、そっちの方が不自然だ。

物質は、細かく見ていけば原子という、小さな小さな粒からできている。原子はさらに、ニュートリノという小さな粒でできている。とにかく、何もかもが粒なのだ。私も、森も、動物たちも、機械も、街も学校も自動車も、結局は粒の塊に過ぎない。だとしたら文明なんて、砂漠みたいなものじゃないか。人間たちが必死になって岩を削り、地の底から資源を掘り出して、美しいデザインやアートで埋め尽くした大都市と、どこまでも広がる空っぽな砂漠と。ちょっと見方を変えれば、大差ない。

……馬鹿げた考え方だとは思う。でも、この裏世界の主は、きっとそんな目で世界を見ている。人間としての生や、社会なんて、どうでもいいと思ってる。もしかしたら死にすら抵抗がないかもしれない。何もかも砂の揺らめき。そうとでも思っていなかったら、こんな裏世界になるわけがない。

私は歩き続ける。砂の上を、ひたすらに。

「今の時点では、二つの可能性があるな」

ファミレスで小指さんは言っていた。

「一つは同じ裏世界の、全く別々の場所に飛ばされたケース。スイミングクラブの外に砂漠が広がっているんだろう。あるいは逆に、スイミングクラブのどこかの部屋が、砂漠なのかもしれないが。それこそブレードの向こう側とかね」

「もう一つの可能性は何ですか」

「多重人格だ。スイマーが大きく隔絶された二つの心を持っている場合、二つの裏世界が作られることがある。そのそれぞれに、飛ばされたとも考えられる」

「でも、変じゃないですか。どうして着地点が、小指さんと別々になるんでしょう」

「そうなんだよ。僕は月子さんを、一種の付属物として扱うことで、裏世界に連れて行っている。だから離れてしまうのはおかしい」

「そうは言っても、現に離れてしまってます」

「だから、君のミスってことだ」

小指さんは私を指さして、叱りつける。

「君が勝手に着地点を変えてるんだ。まだ僕の力を借りなければ、裏世界には行けない。だけどそれは、最初の加速を自分でつけられないだけで。いったん発進してしまえば、そこから自由に動けるようになってきたんじゃないか。裏世界旅行者としての能力が上がってるんだ。僕の行きたい場所とは関係なく、自分が行きたい場所に、向かっているんだ」

「そんなはずありません、砂漠になんか行きたくないですから」

「さあね、無意識に僕に逆らおうとしているのかもな。いいか、次は余計なことを考えるなよ。思考を止めて、リラックスして、ちゃんと僕に従うように。そうすれば今まで通り、一緒に行けるはずなんだ」

「……頑張ってみます」

私は再び小指さんと裏世界に飛んだ。その結果として、こうして私は一人で砂漠を歩いている。言われたとおりにしたはずなのに……。

どれくらい進んだだろうか。考え事をしながらだが、かなり長時間歩き詰めだ。私は何のために歩いているのだろう。やがてオアシスに行き着くとでも信じているのだろうか。次の砂丘を乗り越えた先に海が広がっている、でもいい。いくらなんでも砂だけ、ということはないはずだ。

人間である以上どこかに何か、小さくても、きっと血の通ったものが転がっている。いや、そうであってほしい。ほとんど願望だった。この世を砂としか思っていない……そんな人はいてほしくなかった。あまりにも悲しいことに思えたから。

私の願いが通じたのだろうか。地平線の果てに何かが見えた。オレンジ色の小さな光。砂とは違う質感。初めはどうせ見間違いだと思った。だが一歩、また一歩と近づくたびにその直線的な壁、とんがり帽子のような屋根、ぽっかりと開いた円い窓が鮮明になってくる。間違いなく人工物だ。砂と同じ色。砂を固めて作った家。

やっぱりだ。やっぱり、砂だけの裏世界なんてありえない。

私は嬉々《きき》として走り出す。

あと百メートルくらい、と思ったところで、家は唐突に目の前に現れた。ぶつかりかけて、驚いて短く悲鳴を上げてしまった。

そうか、思ったよりもずっと小さいんだ。

屋根まで含めても私の身長と同じか、少し低いくらい。比較対象となるものがない砂漠の中で、距離感が狂っていたらしい。

「まるで、こびとの家みたい……」

ぐるりと周囲を回ると入口があった。扉はなく、アーチ状に穴が空いているだけだ。私は身をかがめ、そっと中を覗き込んだ。

「ごめんください」

返答はない。

室内を見て、思わず微笑んでしまう。そこは、なんとも可愛らしい住処だった。幼稚園児が使うような小さな椅子と机。机には薄茶色のランプが載っていて、中で炎がちらちら揺れている。光は私の顔を照らし、室内をほのかに温めていた。カマクラの中みたいだ。戸棚には子供サイズの皿とコップ、短くて先の丸いフォークと、握り手の大きいスプーンが並んでいる。壁には麦わら帽子と、やはり子供用のジャケットと、ズボンがかけられていた。部屋の隅には水筒とお弁当箱、三輪車もある。入口に敷かれた茶色のマットの上に、玩具みたいな靴がちょこん、と置かれている。いつでもお出かけできるように。

何もかもが子供用。

小さくて、儚くて、何だか切なくなる。

だが、それを使う者の姿は見当たらなかった。留守なのだろうか？

「誰かいませんか」

私は一歩、中に入ってみる。

他に存在感があるものといえば、椅子のそばに据え付けられている大きな銀色の筒。天体望遠鏡だった。三脚でしっかりと立ち、開け放した窓の先、砂漠を覆う群青の空めがけ、凛々《りり》しくレンズを向けている。いったいどんな人がこの椅子に座り、空を観察しているのだろう。そう思って脇から覗き込んだ時だった。

「わっ」

声が出た。

隠れていた家の主に、無断で足を踏み入れたのを見咎められたような気がして、冷や汗が流れる。びっくりした。真っ赤な鱗が重なり合った表面、ラグビーボール状の塊。緑色の太い棘がそこら中から飛び出している。これ、どこかで見たことがある。確か中南米の果物で、名前は……そう、ドラゴンフルーツ。

果実が椅子に座っている。いや、置かれているというべきか。

天体望遠鏡も、机の上のコップも、ノートと筆記用具も、まるでついさっきまで私が使っていました、とでも言うみたいに。

ドラゴンフルーツは、静かにそこに佇んでいた。

†

創が八歳の夏休みの終わりごろ、縁日があった。

母親と一緒に行った近くの神社。たこ焼きやリンゴ飴《あめ》の匂い。屋台が並び、オレンジ色の光がビニールのテントの下で揺れている。浴衣姿の子供たちが、金魚の入った袋や、ぴかぴか光る玩具のステッキを持ち、連れ立って走っていく。中には同級生もいたようだ。

「ほら、お祭りよ」

母親は何かを期待するような目で創を見、光の方を指さした。二人の顔が青や赤、ピンク色の光で照らされる。腹の底に響くどん、どんという音も鳴る。

「盆踊りも始まったみたい」

大太鼓は悪くなかった。だが、しょせんは人間の真似事だ。山で出くわした、五臓を打ち据えるような雷には及ばない。創は依然、退屈なままだった。

母親は創に五百円玉を一つ、握らせた。

「何か好きなものを買っておいでね」

創は頷いた。

何がいいだろう。本当なら今すぐ帰りたい。いや、山に入っていきたい。それでも母親は、にこにこと笑って背中を押す。彼女の心の天候を崩さぬよう、小遣いを適度に使い、この時間をやり過ごすことのできる出し物を、創は冷めた気持ちで探した。射的の前を通り過ぎ、くじ引きの前を素通りする。金魚すくいも、輪投げも、カステラ焼きも、電飾の玩具も、焼き鳥も、大判焼きも……そして、いつの間にか屋台の群れを抜け、神社の端まで行きついてしまった。

引き返さなきゃ。

創は溜め息を吐く。しかし黒々とそびえたつ拝殿を眺めているうちに、なんだか目が離せなくなってしまった。一歩、もう一歩。創は祭りの喧騒《けんそう》から遠ざかり、暗がりの方へと歩いていった。こっちの方が落ち着く。提灯《ちょうちん》の光は微かに届くだけ。いくつか並んでいるお地蔵さんも、片隅に寄せられているバケツや箒《ほうき》も、友達のように感じられた。屋台や盆踊りに興じているクラスメイトより、ずっと。

「おう」

ふらふらと歩き、お地蔵さんの前まで辿り着くと、そこに腰を下ろした。青い浴衣の裾が地面に擦れて泥がつく。夜中まで浴衣に針を通していた母親の姿が、ふっと思い出される。

「おう、ぼうず」

「あ……」

創が顔を上げると、そこに一人の男が身を縮めて座り込んでいた。お地蔵さんだと思った影の一つは、生きた人間であった。

「おじさん、なにしてるの」

「祭りを楽しんでんだよ」

「そこで？」

「おれには、裏側の祭りだけでいいんだわ」

男はみすぼらしい身なりであった。青白い肌に、こけた頬、骨が浮き出た手首と足首。顔にはねずみのように細くて白いひげが数本生えている。ぼろぼろの下駄《げた》をはき、片目の割れたサングラスをかけ、山高帽をかぶって、端のところがちぎれたジャケットを羽織っていた。

楽し気な気配に誘われて現われた妖怪、と言われても納得できる風貌である。

創が男をぼうっと見つめている間、男も創を見つめていた。そして気難しそうな細い唇を動かして、うめくように言った。

「ぼうず、おめえ。人間が薄いな」

「なんのこと」

男は軽く身を乗り出す。サングラスがずれた奥で、灰色の目が光った。

「周りとやりづれえだろう。みんなの口から零れる言の葉が、皮膚に染みこまんだろう。そりゃあおめえのせいじゃない。お山がな、人間を作る。お日様や雲や、月や夕焼けや、海や滝に手を突っ込んで、ふわふわした温かいワタを少しずつ引っ張り出して、混ぜて、こねてな。こうやって作る」

母親がいたなら、こんな人の話を聞いちゃいけません、と即座に引き離しただろう。だが創は魅入られたように、おにぎりを作るような男の手つきを眺めていた。

「柔らかいかんな、こう、そうっとな、ゆっくりこねる。するとだんだん、かたあくなって……抱っこできるようになる。言の葉の揺れが、肌に響くようになる。口から言の葉を吐き始める。人間が出来上がるんだ。しかしな、時々失敗する。いや、お山は失敗だなんて思っちゃいない、そこまで一つ一つに興味を持っちゃいない。とにかく外側だけ固くなったが、中身は柔らかいまま、お日様や雲のままっちゅう、生卵みたいなもんができちまう。こいつはゆで卵と一緒に回しても、うまく回らんのよ」

「おじさんも、そうなの？」

「ああ、どちらかっちゅうとな」

虚《うつ》ろな目で、どこかおかしな抑揚。

「ぼうず、そう生まれついたら、覚悟を決めるしかねえんだぞ。どっちにするんだ。自分は、ちょっと薄い人間だと思うか。それとも、人の形になってしまったお山だと思うか。二つに一つだ」

「同じことでしょう」

シッシッと男は、歯の抜けた顔で笑う。

「そうだ、同じことの裏と表だ。だが自分を人間だと思えば、人間は仲間だ。そうでなければ、人間は敵だ。中途半端が一番まずい。決めるんだ、今。さあ」

どっちがいい、と顎で促される。

「おじさんもきっとそうなんだろうけど」

創は、母親の笑顔を思い浮べる。

「僕は、人間として生きていくしかないよ」

彼女を置いて、一人で山に行くことは、できそうにない。

「そうか……」

男は少し俯き、考え込んだ。遠くでどん、と祭り太鼓が鳴った。

「ぼうずは、これから一生苦しむ。人間を演じ続けなくてはならないからな。他人がみんな簡単にできていることを、自分だけが苦労して身につけなくてはならない」

どん、どん。太鼓は雷のように。笛の音は逆巻く風のように。音楽が聞こえてくる。

「いつでも思い出せ。ぼうずは選んだ。人間は仲間だと。同じもんからできてっから、人間の奥底には確かに同じもんがある。見えづらくても、言の葉から感じられなくても、きっと……そうさな」

男がそっと掌を差し出した。

「証に、いいもん見せてやんべ」

「なに？　出し物？」

「脳みその裏側さ」

創は躊躇《ちゅうちょ》したが、やがて五百円玉を見せた。

「これで足りる？」

「ああ」

男は頷き、創の手を握った。そして、そっと……山高帽のつばを、ほんの十五度ばかり右に回した。

その瞬間、世界が反転した。

強烈な風が創に吹き付ける。浴衣も、下駄も、何もかもを吹き飛ばしていく。気づくと、創はたった一人、裸で空中にいた。

空が光る。電光が遙か頭上から蛇のように舞い降りたかと思うと、ずっと下の方でうねり、また跳ね返るように戻ってくる。赤い雨が下から降り、黄色い雨が上から降っていた。雨と雨とはぶつかり合い、時折波打ちながら、相撲のように拮抗《きっこう》している。

これが、脳みその裏側だ。おれが見ている、裏側の、祭りだ！

雷のような声が鼓膜の中で轟《とどろ》いた。

次は盆踊りしている奴らの頭の中だ。見ろ、音が降る。

ふっと凪が訪れ、ややあって緑の大粒の雨が上下左右から降り注ぐ。雨に見えたそれは、確かに音なのだった。ぶつかって弾ける時に細かな粒子をまき散らし、拡散していく。

雨にしか見えないだろう？　そうだ、おれの中にもおめえの中にも、奴らの中にも雨が降る。

「はい」

創は叫んだ。男の姿を捜すが、どこにも見えない。

四方八方から降る雨の衝突は、うねりを生み、巨大な竜巻のようにくるくる回ったかと思えば、とたんに落下する。その中央を、桃色の稲光が駆け抜けていく。雷もまた、音なのだった。黒雲も、虹も、この世界のすべては音によって形作られ、その輪郭をなしているのだった。

ぼうず、忘れるな。他の人間が敵に見えたら、思い出せ。確かに、脳みその裏側には、胸の内側には、同じもんが埋まってるんだ。だから、信じろ。疑うな。

「おじさんは」

開いた口に音が入り込み、のどの奥でぱちぱちと弾けた。創は思わずむせ返る。それからもう一度、手で口を覆って叫んだ。

「おじさんは、他人の心の中に入れるんですか」

雨が止んだ。照明を落としたようにあたりは暗くなり、鬼灯《ほおずき》がふわふわと浮かぶ。

さあな、どうなんだろうな。

「心の中に入れるとしたら、羨ましい」

鬼灯が爆《は》ぜ、中からぱらぱらぱらと粉雪のような音が落ちた。

ちっともよくねえ。もっと早く、入りたかった。色んな方法を試して、失敗して、いまさら……。

男が悲しそうに泣いていることが、創にはわかった。

ぼうず、おめえは間違うなよ。

その言葉を最後に、世界は突然、終わった。

気づくと創はお地蔵さんの前で一人、佇んでいた。男はどこにもおらず、背後では何ら変わりなく祭りが続いている。ほんの一瞬、夢を見ていただけのような気がした。

だが、小遣いの五百円玉は消えていた。

次に男の顔を見たのは、四日後のニュース番組であった。

一家惨殺事件。二ヶ月前に妻と子を殺害し、腹を開いて中身を抜き取った猟奇犯罪者として、あのみすぼらしい男が警察に連れていかれていた。

男は何も説明しなかったし、創も理解できたわけではなかった。ただ強烈な印象だけが残った。そうだ、僕は人間でいると決めたのだ。やるからには、きちんと人間でいなければならない。中途半端にやれば、あの男のようになってしまう。それだけはわかった。

この日から、創は人間らしくなっていく。山に憧れるのもやめ、努力と学習で自分を人間にしていったのだ。

縁日で、創は初めて裏世界に触れた。やがて成長し、当時のことなどすっかり忘れて再び裏世界を感じた時、夢でも幻想でもなく心の内側だと比較的早くに認識する一因になるのだが、もちろん創は知る由もない。

†

「何をぼんやり考え込んでいるんだい、君」

僕は、休憩中のスイマーに話しかけていた。

「ああ……あなたは？」

「最近では『小指さん』と呼ばれている者だよ。君もそう呼んでも構わない」

「ええと、どうも、小指さん。私は、ここで泳いでいる者です」

スイマーはそう言って、僕の姿をじろじろと見た。

「いつから泳いでるの？」

「そういえば、いつからでしょう……生まれてからずっとだと思います」

「いつまで泳ぐの？」

「いつまででしょう……これからもずっとだと思います」

「ほうほう、なるほどね」

僕は、ほくそ笑んだ。彼も裏世界の存在を自覚していないタイプだ。そう安心しかけた時、スイマーがふと呟いた。

「そのはずなんですが、なぜでしょう。何かが違う気がする。私は、どこか別のところで眠っていませんでしたか。これは夢ですか。小指さん、何か知りませんか」

案外いいカンをしている。僕は微笑みながら、はっきりと告げてやる。

「夢でも幻想でもないよ。世界はここ以外存在しない、当然じゃないか。君は何を言ってるんだ？」

「はあ、そうですか。そうですね……」

スイマーは僕をじっと見つめている。

僕は内心、ひどく緊張していた。裏世界の住人に、積極的に話しかけるなんて初めてだ。

これもあいつのせいだ。

僕は舌打ちをして、あたりを見回した。スイミングクラブの中に、彼女の姿はない。プールでは三人の客が行儀よく泳ぎ、コースロープが時折揺れている。高い天井では古びたライトが明滅していた。さっき念入りに女子更衣室まで覗いてきたが、やはりあの背が高く、ぼーっとした顔立ちの、月子とかいう頓馬はどこにもいなかった。しっかり摑まっておくように言ったのに、どんくさいやつだ。砂漠で一生彷徨っていろ。とにかく彼女が来られない以上、僕がやるしかない。

僕は別の話題を振った。

「その……ここは、どういうところなのかな」

スイマーはきょとんとする。唐突すぎただろうか。慌てて付け足した。

「僕、新入りなんだ。わからないことばかりでさ。だから色々と教えてほしくて」

そう言って、スイマーの目を覗き込んだ。

「簡単な仕組みですよ。社会というのはひどく簡単な仕組みによって回っているのです。いいですか、そこにプールがありますね」

スイマーはキビキビした動作でさっと指さす。

「こちら側から入ります。足から入りましょう。その方が安全ですので。そして泳ぐわけです。あちら側の端まで泳いだら一度出ます。そしてプールサイドを歩き、またこちら側から入るのです。これを繰り返します。繰り返すと、生きていけるのです」

「生きていける？」

「そうです、生きていけるのです」

「泳ぐために生きているの？　それとも、生きるために泳ぐの？」

スイマーは首を傾げる。

「それは、同じことですね。泳ぐために生きるために泳ぐために生きるために泳ぐために生きる……いくらでも続けられます」

「でも、泳がなくても生きてはいけるだろう。それこそ、あそこのベンチでずーっと、寝転がっていたっていいじゃないか。プールサイドで延々と体操してたっていい」

「あなたは周りの様子が見えないのですか？　みんな、泳いでいるじゃないですか」

反論するスイマーの目には、一点の曇りもない。

「みんなが泳いでいるから、自分も泳ぐってのかい」

「そうですよ。みんなが泳いでいるのに、自分だけ泳がないのは、変です。みんなから変な目で見られますよ。みんなから変な目で見られながら生きているというのは、生きているうちに入らないでしょう。生きるとは、変な目で見られないことです」

変な理屈をこねやがる。僕は、にやつきそうになるのをこらえた。やっぱりめちゃくちゃ面白いやつだ、スイマーは。

「小指さん、あなたもここで生きていくつもりなら、泳ぐことです。泳ぎさえすれば、問題はないのです。他にも細かい決まり事はありますが、心配には及びません。注意深くみんなの様子を見て、真似すればいい。初めのうちは多少失敗しても、すぐに慣れますから」

「それはありがたい。ところで、決まり事に疑問を持つことはないの？　たとえば、プールには足からではなく、頭から入った方が安全かもしれないよ。一度検証してみても……」

「その必要はありませんよ」

スイマーは優し気な笑みを見せた。

「みんなが決まりを守るのは、その決まりが正しいからです。続いてきた決まりは、絶対的に正しいのです。他に、決まりの正しさを判断する方法がありますか？」

ああっ、たまらない。

僕は身震いした。

こいつ、最高だ。完璧だ。だからこそ、いつか必ず足を踏み外す。いやすでにその足は、崖にかかっている。僕は落下した君を見たい。何が何でも見たい、そのすぐそばにいたい。

この手で突き落としてでも。

「もういいですか」

プールの方に戻ろうとしたスイマーの手を握り、僕は言った。

「一緒に泳いでもいいかな」

†

ドリンクバーに飲み物を取りに行くのにも飽き、私はストローを口で弄んでいる。隣のテーブルの客は何回も入れ替わり、時折通りかかる店員の視線が痛い。目を閉じ、両腕を枕にして突っ伏している小指さんを覗き込む。こうしていると、割と可愛い顔をしている。

それにしても、暇だ。

前回待たせたことを怒られたから、早めに現実に帰ってきたのだが、今度は小指さんが一向に戻ってこない。このまま置いて帰るわけにもいかないし、私は時間を持て余していた。

ぱらぱらとノートをめくる。

NO．3と題した裏世界。砂漠のこびとの家。気づいたことは何でもメモに取るようにしているのだが、こうして見直していてもまるでわけがわからない。

「ドラゴンフルーツの家、か……」

難解な謎に挑む探偵の気分である。

ドラゴンフルーツはただ、ごろっと椅子に置かれていた。自分から動いたり、何かしたりするわけではない。もちろん食器を使ったり、絵本を読んだりもしない。三輪車にも乗らない。

もしかすると主は別にいて、ドラゴンフルーツはたまたま置いて行ったのかとも考えた。だが、試しに服を広げてみたところ、妙に膨らんだ形だった。そこでドラゴンフルーツに着せると、誂《あつら》えたようにぴったりなのである。同じく食器も、絵本も、家具も、ドラゴンフルーツが使うとしたら、ちょうどいい大きさ。ドラゴンフルーツの道具としか思えないのに、ドラゴンフルーツには何も使えない。どういうことだろう。

謎はまだある。私はノートを一枚めくった。

天体望遠鏡だ。私はドラゴンフルーツを押しのけて、接眼レンズから覗き込んでみた。すると緑の星が見えた。ジャングルのような、様々な植物が生い茂り、虫や獣が隠れていそうな光景だ。ドラゴンフルーツにもぴったりの環境に思えるが。

絵なのである。

接眼レンズの先に画用紙が貼り付けられていて、そこに描かれた絵が見えるだけ。ただのまがい物なのだ。

知れば知るほど意味不明な、退屈で、奇妙で、静止した裏世界。だめだ、私にはわからない。諦めてノートを閉じた。こうして匙《さじ》を投げるのも、何回目だろうか。

小指さん、いい加減に帰ってきてくださいよ。

恨めしく思いながら覗き込んだ時、ふと、目が合った。

長い睫毛を揺らして瞬きし、小指さんが起き上がる。うなり声を上げて伸びをする彼に、私はぼやいた。

「やっとお帰りですか、小指さん」

「……え？」

「どれだけ待ったと思ってるんです。六時間ですよ、六時間。おかげで大学、行きそびれました」

「ああ……そう」

気だるそうに、小指さんは肩を回し、瞼をつまむ。

「もう、ファミレスから裏世界に行くのはやめません？　わざわざスイマーが住む家の近くの店舗まで来なくてもいいじゃないですか。それに裏世界に行っている間って、他の人から見ると寝てるのと同じだから、凄く不用心ですよ。せめてカラオケとか。途中で片方が帰っても平気な場所にしませんか、次からは」

「うるさいな。いっぺんにあれこれ言わないでくれ」

小指さんはお冷やをぐいっと飲むと、ふうと息を吐いて、私を見た。

「標的に近い方がいいんだよ。前に言っただろう。心の周波数を合わせて裏世界に入ると。これは口で言うほど簡単じゃないんだ。その人固有の振動に加えて、気分や体調で微妙な変動が生じているからね」

「え？　じゃあ相手の気分が変わったら、裏世界との接続が弱まったり、切れちゃったりするわけですか」

「その通り。だから微調整し続けないと、長時間の滞在はできない。この微調整は、物理的な距離が近い方が楽でね。顔を合わせて話す方が、電話やメールよりも相手の機嫌や感情が読み取りやすいだろう？　このファミレスだって、スイマーの家から二百メートルは離れてる。これだけの時間、接続を維持するのは大変なんだぞ、僕でなきゃ……はあ」

それから大あくびをする。

「なんか……小指さん、疲れてます？」

「奴につきあって、ずいぶん泳いだからな」

何やってんですか。困惑する私に、小指さんは裏世界での出来事を説明しつつ、ハンバーグプレートを注文した。

「えっ、それでずっと、スイマーと一緒に過ごしてたんですか」

私はコーヒーカップを取り落としそうになってしまった。

「そうだ。一緒に泳いで、一緒にトイレに行って、一緒に塩素水を飲んだ。だいぶ親しくなったし、相手も気を許しつつあると思う」

「意外ですね。てっきりいつも傍観するだけかと」

「誰のせいだと思ってるんだ」

小指さんは、銀色のフォークを振りかざして私を指した。

「君が、ついて、こないから、だろうが。ああ？　この木偶《でく》の坊《ぼう》。君の役割なんだよ。君があのスイマーに話しかけて、なんとかしてブレードの中に突っ込ませて、新しい展開を見せるはずだったんだ。なのに君ときたら、砂漠で遊んでばかり」

「私のせいじゃありません、どうしても途中で離ればなれになってしまうんです」

「いーや、君が悪い。僕はミスを犯していない。僕は悪くないんだから、君が悪いに決まっている。早くスイミングクラブを見つけろ。真面目に探してるのか。発想が貧困なんじゃないか。砂を掘ったら、見つかるかもしれないぞ」

ちょっと。フォークを突き出さないで。ちょっと、おい。

小指さんはあろうことか、私の腕をつつき始めた。銀色の先端には、ハンバーグプレートのデミグラスソースが付着したまま。

「やめてくださいよ」

頭に血が上り、思わず腕ごとぐいっと押し返してしまった。小指さんの手からフォークが落ちる。

「逆らう気か、貴様」

「逆らいますよ。何ですかさっきから、人を道具みたいに。小指さんに従うのも、逆らうのも、私の自由意志です。大人しく言うことを聞くのは、あくまでそうした方が得だから。自分の手足みたいに勘違いされちゃ、困ります」

しまった。勢いのままに怒鳴りつけてしまった。慌てて口をつぐむ。

「えっ……そうなのか」

しかし小指さんは目を丸くすると、しゅんと項垂れただけだった。

「違ったのか。僕は、てっきり下僕なのだと……そうか……」

時々この人は、想定外の反応をするから困る。小指さんはがっかりした様子で、フォークを拾いあげ、ぼそぼそとハンバーグをつつき始めた。

「何、焦ってるんですか。小指さんらしくないですよ」

「焦ってなどいない」

叱られた子供のように、ぷいっとそっぽを向く。

「スイマーの裏世界に、そこまでこだわる理由はなんですか。そもそも、楽しむために人の裏世界を荒らすなんて、あんまりいい趣味だとは思えません。以前の方が、いい距離感だったと思いますけれど。どうしちゃったんですか、最近」

「どうもしていない。うるさい。偉そうに意見するな、次から連れて行かないぞ」

そう言われると、こちらも強く出られない。

「とにかく、夜はまた行くぞ。今度こそ、ちゃんとスイミングクラブに来いよ」

黙って頷くほかない。険悪な空気の中、私たちは食事をする。

ハンバーグはすっかり冷め切って、固まった脂が皿の隅でてらてら光っていた。

†

スイマー。

小指と月子にそう呼ばれている男。

彼に目をつけた、小指の判断は正しかったといえるだろう。確かに、スイマーは心の中に闇を秘めた、危うい人間だった。

現在の職場でも、これまでの学校生活でも、スイマーはほぼ完璧に人間をやってのけてきた。それは高い知能と、優れた観察力に依《よ》るところが大きい。彼には努力と妥協の才能があったのだ。

スイマーはよく周りを観察し、徹底的に己にルールを課して、これまでやってきた。彼の人間性とはつまり、これまでの積み重ねである。一応の形は成しているが、土台のない構造物のようなもの。いつばらばらに崩壊してもおかしくない。問題は崩壊の時が、彼の寿命が尽きるより前か、後か。

スイマー自身は、どちらでもいいと思っている。

彼が人間を続ける理由は、あるようでない。これまでそうしてきたから、明日もそうするだけ。明日もそうするなら、きっと明後日《あさって》もそうする。

思い返せば、昔は希望があった。

人間でいれば、何かいいことがあるような気がした。周りの人間たちに興味が持てなくても、すぐさま未来を投げ出すのは勿体《もったい》ないと思えた。しかしどうだろう。社会人になり、最低限の人間関係しかなくなった今では、限りなく惰性で生きている。

人間でなくなって困る理由が、ほとんどないのである。

今日もスイマーはぴったり六時半に起きる。ワイシャツを着て、ネクタイを締める。この暑苦しい服を脱ぎ捨てて全裸で外を走り出さないことに、大した理由はない。

キュウリとレタスを包丁で刻み、簡単なサラダを作る。その銀色の刃を、いつも仕事を手伝ってくれる隣の席の同僚に突き立てないことに、大した理由はない。午前中の会議に備えて、資料に軽く目を通す。この下らない紙束に点火して、馬鹿馬鹿しいオフィスごと焼き払わないことに、大した理由はない。満員のバスで、具合の悪そうな女子高生に席を譲る。彼女を抱き上げて走行中の窓から放り捨てたり、顔面を踏みつけて歯を抜き取ったりしないことに、大した理由はない。

昨日まで人間だったからといって、今日も人間だとは限らない。

とはいえ、最後の一歩を踏み出すほど、彼は情熱的でもなければ、自己陶酔的でもなかった。誰かに勧められたって耳を貸しもしないだろう。そもそも現実世界の人間に価値を見いだしてなどいない、心を許してなどいないのだから。

だが、心の中に入られたら。

自分の内側からそっと、優しく後押しされたら。

もう、どうなるかわからない。

†

「おや。ええと、小指さんでしたね」

更衣室から現われたスイマーは、僕の姿を見るなり片手を上げて挨拶した。

「覚えていてくれたんだね」

あれだけ一緒に泳ぎ続けた甲斐があったというものだ。

「当然ですよ。以前からお顔は拝見していましたから」

「え？」

「お話ししたのは先日が初めてでしたけれど、プールにはいらしてたでしょう？　ベンチに座っていたり。シャワーを浴びていたり。トイレにいたり……」

ぞくりと背筋に冷たいものが走る。

「バスの吊革を握っていたり、塩素水を飲んでいたり、ボウリング場で佇んでいたり。で、今日はどういった趣向ですか」

僕はスイマーの顔を穴が空くほど眺める。こいつ。現実と裏が交ざってはいるが、正しく記憶している。普通の人間は、夢と裏世界の区別がつかず、片っ端から忘れてしまうものだが。裏世界への適性が高いか、何らかの理由で裏世界に慣れているか。

深入りは危険なタイプの主だ。

だが、そんな君だからこそ、僕はせひとも覗いてみたい。心の奥底まで、しっかりと。リスクは承知の上だ。

僕は一歩踏み出して、誘う。

「君さえよければ、また一緒に泳ぎたいんだけどな」

スイマーは、腫れぼったい瞼をそのままに、右の口角だけを微かに上げた。そして手にしたスイミングゴーグルを装着し、プールの方を指さす。

「ええ、こちらこそお願いしたいです。小指さんの泳ぐ速さ、ちょうどいいんですよ。ペースメーカーになるんです」

当然だ。そうなるように努力して泳いでいるのだから。

「嬉しいね。じゃあ、ぜひ」

心中をおくびにも出さず、僕はスイマーと連れだってプールの中へと入った。

水は少し冷たくて、重い。どろっとしていて、濁っていて、微かに緑がかった粒が浮かんでいる。塩素のにおい。異質な世界。身を浸した瞬間、ここはいるべき場所じゃないと感じる。だが、少しずつ肉体が溶け込むように、水が皮膚に染み込むように、馴染んでゆく。

「お先に」

ぽんと壁を蹴って、スイマーが泳ぎ始める。長身をくねらせながら、クロール。隣のレーンで僕も後を追う。水泳の理屈は知っているが、そんなに得意じゃない。必死に手足をばたつかせて、自分の体を進めていく。裏世界でも水の抵抗はあり、疲労感はある。だが、あくまで精神的なものであり、いくら泳ぎ続けても水分や栄養の補給は必要ないし、筋肉がついたりもしない。

顔をつけると耳が水に塞がれて、プールサイドの気配が遠のく。代わりに聞こえてくるのは僕の心臓の音、そして地の底から響くような低い唸り声。それは鼓膜ばかりでなく、僕の皮膚全体を震わせる。ぐうん、ぐうんと、緩慢に水を飲む巨獣の声。

見える。

ゆらめく水流の底で、ゆっくりと回転するカッターブレード。五つの花びらを広げる銀の妖花たちが、こちらを見上げている。奴らは周囲のダストもろとも水を吸い込んでいるが、水面を行く泳者を巻き込むほどの力は持っていない。代わりに誘惑する。その向こう側に深淵《しんえん》をたたえて、覗き込んでみたくならないか、同じところを泳ぐばかりで飽きないかと、思わせぶりに煌めいてみせる。血と脂に飢えた銅合金が、チチチとうすく振動しながら嗤《わら》っている。

たまらなく、魅力的だった。


「向こう側に行ってみたいとは思わないの？」

ベンチで休憩しながら、僕はスイマーに話を振った。

「考えたこともないですね」

羽織ったバスタオルで額の汗を拭きながら、彼は答えた。

「このプールで泳ぎ続けるだけで、一生が終わっていいのかい」

「いいとか、悪いとかの問題ではないでしょう」

スイマーは塩素水の入ったコップを取り、口に運ぶ。

「プールで泳ぐ人として生まれたから、プールで泳ぐ。それだけじゃないですか。そこに判断が入り込む余地はありません」

「生まれに満足しているわけか」

「正確な表現ではありませんね。努力次第で変えられること……たとえば国籍とか、職業とか、住居については、そういう考えがあってもいい。満足ならそのままでいいし、不満なら変えればいい。不満の大きさと、必要な努力の量とを天秤《てんびん》にかけてね。だけど、変えられないものごとについて、不満を抱くのは時間の無駄です。もっと高く飛びたい、と足を鍛えるカエルは見所がある。鳥に生まれたかったと空を眺めて嘆くカエルは愚かでしょう？」

素晴らしい。僕は思わず拍手する。

その醒《さ》め切った考え方がいい。合理的で論理的な思考回路が、自分を完璧に制御できていると思い込んでいるのだ。だが、無意識の領域にエラーが眠っている。人生についても完全に割り切っているとしたら、プールの底にあんなブレードがあるはずがない。

「そのカエルのたとえ話なら君の言う通りだ。だけどブレードの向こう側に行くのは、努力次第でどうにかなること、じゃないか」

お前はわかっているはずだ。自分の中に眠る欲求を。人生の水底には出口があることを。社会性に縛られた人間の世界と、野生に解き放たれた獣の世界は、ほんの薄皮一枚で繋がっていることを。

スイマーは品よく笑う。

「ブレードの向こう側に？　努力で？　不可能ですよ。小魚なら何とか通れるかもしれませんが、人間があそこをくぐるのは無理がある」

「ブレードとブレードの間に、それなりに空間があるじゃないか」

「回転刃が一つならね。小指さんは、奥を見たことがありますか。回転刃は何重にも続いています。奇跡的に一つをかいくぐったとしても、どこかで必ず捕まり、切り刻まれるでしょう」

「そこだよ」僕はスイマーを指さす。「いいじゃないか、切り刻まれたって。安全に向こうに行くのを前提にしてどうする。腕の一本、足の一本、くれてやったらいい。向こうで長生きできなくたっていい。それも努力の範疇として、支払ってやれ。肉体の一部だけが届いて、ほんの数秒でも、向こう側を見られたら、それで勝ちじゃないのか」

一瞬、スイマーの表情が凍った。確かに彼は動揺していた。そして苦笑する。

「あなたの話はよくわからない。そもそもブレードの向こうに行って、何の意味があります？」

「意味がないと、やってはいけないのかい」

「動機がないと言っているんです」

「未知の世界に行けるぞ。この下らない繰り返しから抜け出せる。その意義を、プールスイマーの価値観で量る方が、無意味じゃないか」

僕はここぞとばかりに熱弁をふるう。

「あのね、ゴミ処理場に繋がっているだけでしょうが。馬鹿馬鹿しい。小指さんはまるでロマンがあるかのように話していますが、中身は空っぽな理屈ですよ」

「だけど、これまで必死に泳いできた奴らが、誰一人見たことのない場所だ」

スイマーは微笑んだまま黙り込んだ。そして理知的な目をこちらに向ける。

「小指さん。何が狙いですか」

鋭い輝き。視線に射すくめられて、汗が噴き出しそうになる。それでも僕は、余裕たっぷりな笑みを崩さずに言った。

「君、本当はわかっているんじゃないのか。自分がやりたいことを」

ぴくりとも動かず、静かにスイマーは僕を見つめ続ける。

「だからそうしてむきになって、僕を否定するんじゃないか？」

スイマーは唇を噛み、黙り込んだ。

†

はあ。ため息をついてみても、何も変わらない。

もう何度目だろう、砂漠に一人っきりになるのは。ここは静かすぎて、おかしくなりそうだ。砂を摑み、ぱっと放り投げてみる。小さな粒が一斉に広がり、ぱらぱらと微かな音を立てて落ちる。束の間動きと音が生まれ、やがて消えた。

足取りが重いのは、砂のせいだけじゃない。裏世界に来る前に、小指さんと揉《も》めたからだ。

「次もついて来られないようなら、今後の関係も考え直さなくてはならないな」

ファミレスで待ち合わせるなり、冷たく言われたのだ。

「そんなこと言われても。私だって、どうしたらいいかわからないんですよ」

「知ったことか。僕の方はうまくいっているから、何の問題もない。せいぜい君は、砂漠で乾いていろ」

嫌味ったらしい言葉遣い。いつもなら腹を立てるところだが、何だか聞けば聞くほど不安が募った。

「うまくいっている、というのは……」

「スイマーは僕の説得に乗りつつある。そう遠くない未来、あいつはブレードの中に突っ込むよ。そうしたら何が起きるんだろうな？　プールが崩壊したりして。いやあ、楽しみだ。わくわくする。しかし君には気の毒だな、一番面白いところを、見逃すことになるぞ」

「あの……今さら、こんなことを言うのも何ですが」

私はおそるおそる切り出す。

「やめませんか」

小指さんはぽかんと口を開いて私を見つめた。

「やめるって、何をだ」

「面白半分でやってはいけない気がするんです。スイマーは何も悪いことをしてないのに、こっちから勝手にかき回すなんて……」

「怖じ気づいたわけか。廃墟の裏世界で、あれだけ大胆に騎士と狼をかき回した月子さんから、そんな言葉を聞くとは思わなかったな。よく考えろ。僕は裏世界を弄ぶわけじゃない。時計の針を少し進めるだけだ。崩壊は、遅かれ早かれ起きる」

「そういう問題じゃないんです」

「今さらやめられるか！」

小指さんが叫ぶ。その目が据わっている。

「もっと早く、こうしていれば良かったと思うよ。ただ眺めて観察するだけなんて、今までの僕はどうかしてた。そういう意味では、君にも感謝している。積極的に動く大切さを、教えてくれたのだから」

玩具を与えられた子供みたいだ。歯止めがきかない。醒めていたはずの瞳に、怪しい光が揺らめいている。このままでは彼は燃え上がった情熱の炎に自ら焼かれてしまう。そんな予感がしてならない。

「ちょっと落ち着いてください。小指さん、変ですよ」

私は食い下がる。だが、彼は聞く耳を持たない。

「うるさい、うるさい。ははあ、わかったぞ。ついてこられないからって、へそを曲げているな」

「小指さん」

「別にいいんだよ、僕のやり方が気にくわないなら、それで。さっさと袂《たもと》を分かとうじゃないか。そもそも旅人は、馴れ合うものじゃない。それぞれ行きたいところに行って、好きにするものだ」

「小指さん！」

大きな声を出すと、さすがにひるんだ。店内の視線が私たちに集中する。

「何だよ。言いたいことがあるなら、静かに言いたまえ」

「あの……小指さん」

袂を分かつ。そこまで言うか。彼がこのままだったら、本当にそうなるかもしれない。ふんだ。人が下手に出てればいい気になって。さんざん自分勝手して。こっちだってあなたと一緒に裏世界旅行だなんて、願い下げ──

「お願いがあります」

手を伸ばし、小指さんの腕を掴む。いつも裏世界に行く時の姿勢で、私は彼の体温を感じた。彼に、私の体温が伝わるように。

「自分一人の時に危険なことはしないでください。私と相談してからにしてください」

語尾が濁る。なぜか、涙が出そうになった。瞼を拭う私に、小指さんも少し困惑したようだった。

どうしてだろう。どうして、泣きそうになるんだ。どうして、怒らないんだ。どうして私は、こんな男の心配をしているんだ。ちっともわからない、私が一番わからない。それでも怖いんだ、小指さんがどこかに行ってしまいそうで怖いんだ。

小指さんは私の目と、腕とを交互に見る。

「僕の勝手だろう」


「違います。一人で行くならそうですが、私も一緒に行くんです。同行者として、当然の権利だとは思いませんか」

こうでも言って、彼の妙に律儀なところに期待するしかなかった。気圧されたか、あるいは面倒くさくなったか。しばらく沈黙してから、小指さんは頷いた。

「まあ、可能な範囲でそうしよう」

行くぞ、と小指さんが目で合図する。そして私たちは裏世界へと飛んだ。世界は反転し、私は今度こそ、と必死に彼の腕を摑んだが……。

こうして、再び砂漠にいる。

仕方がないから、ただ歩いている。寂しくて、虚しい風景。砂丘の向こうに、あのドラゴンフルーツの家が見えてきた。

†

裏世界の存在を明確に自覚しない者が、裏世界の記憶を現実に持ち帰るのは困難だ。だからスイマーが目覚まし時計が鳴る五分前に起きて、少々寝たりない気分で伸びをしたとしても、スイミングクラブや、プールや、水底のブレードや、ましてや小指のことなどは一切意識に上らない。全て無意識の領域に封じ込まれている。

だが、無意識だろうと何だろうと、そこにあるのは事実だ。そして小指が感じた通り、スイマーには裏世界旅行者としてのセンスがあった。固く閉じた扉から臭いが漏れ出るように、スイマーの頭の中では裏世界での出来事が少しずつだが確かに、影響を及ぼしていた。

それは認識できないくらいの、薄い不快感から始まる。次に蠅《はえ》にたかられているような鬱陶しさが、時折襲う。その二つをかき消して最後にやってくるのが、問いかけであった。

何か価値があるのか?

決まった時間に起きて、決まった服を着て、決まった食事を、決まった道具で摂取し、決まった道を歩いて決まった駅から決まったバスに乗る。仕事のメールの文章も、敬語も、水質検査の手順も、何もかもが決まり通り。そうすることで、自分も決まりの内側にいられる。それが人間の素晴らしさ。

で、何の価値があるのか。

決まりを守るのが人間なのか。人間でいるために決まりを守っているのか。自分の両親はすでに死んだ。親しい友達もいなければ、守りたいものも特にない。じゃあ、どうしてこんなに自分を決まりで雁字搦《がんじがら》めにしてるんだ。破る理由もないけれど、守る理由もない。どちらも等しく無価値なら、どうだっていいじゃないか……。

スイマーはいらいらしていた。

それはずっと昔に割り切ったはずのことで、いまさら頭に浮かぶこと自体、腹立たしかった。おかげで仕事にも集中できず、バスも乗り過ごしかけた。ルールが守れない。狂い始めた歯車。その歯車の立てる不協和音で、全ての歯車が狂っていく。

ひどく敏感になっていた。ほんの数分、バスが遅れるだけで腹が立った。いつも座れる席に座れないだけで、普段買う飲料が売り切れているだけで、それがやけに頭の中の大きな部分を支配して、不吉な前兆のようにすら思えた。

むかむかした気分で家に向かって歩いている時、ふと通りかかった建物の窓ガラスの向こうに目が行った。一組の男女がいた。最近、いつもそこにいる。彼らがやけに気になった。いつのまにか立ち止まり、睨みつけてしまっていた。このいらつきは、彼らを見かけるようになってから始まった気がする。だがすぐに、偶然だろうと自分に言い聞かせて、歩き出す。そう、関係ない。

ファミレスで、大して会話もせずに手を握り合い、ぼうっと時間を潰している男女二人。そんなものが自分と関係あるはずもない。

だがスイマーは、二人が嫌いになった。自分でも理由はよくわからないが、そう感じた。特に男性の方、あの陰気そうで目だけがぎらぎら輝いている色白の顔が、いつまでもしつこく脳裏をよぎった。

†

ドラゴンフルーツの家に辿り着いたものの、私は途方に暮れていた。

家の中は、前回訪れた時と何も変わっていない。調べようにも、何から手をつけていいのかわからないのだ。とりあえず室内を見回してみる。

やっぱり、ドラゴンフルーツのための家だとしか思えない。服も、食器も、何もかもがちょうどいいサイズだ。だとすると、また同じ疑問に行き当たってしまう。私はプラスチックの柄がついた、先端の丸いフォークを手に取って独りごちた。

「こんなもの、必要ないんだよね」

口にするのも馬鹿らしい、当然のことだ。果物に必要なのは光と水、そして土だけ。この家に置かれているほとんどのものが、無関係である。

「だいたいドラゴンフルーツが、どうやってこんなものを手に入れたんだろう。食器棚に綺麗にコップやお皿を並べたり、天体望遠鏡をセットしたり、何一つできないはずなのに。色々とおかしいんだよ、もう」

考えるだけ損な気がしてくる。ここは裏世界、理屈が通じない場所だ。私が見ていないところでドラゴンフルーツに手足が生えて日常生活を営んでいるのかもしれないし、大して意味もなくこういう風に作られた空間なのかもしれない。

何気なくフォークの柄をひっくり返した時だった。私は目を見開いた。「ねん　くみ」という表記。幼稚園児や小学生が使うような「おなまえシール」が貼られていた。「なまえ」欄には平仮名で「ひのえ　はじめ」と記載されている。

そうか、お母さんがいたんだ。

私はドラゴンフルーツを振り返る。丁寧に、そっと椅子の上に置かれている。敷かれた柔らかそうな座布団。ちょうどいい位置にセットされた天体望遠鏡。すぐ手の届きそうなところに並べられたコップ、食器、歯ブラシ。壁にかけられた衣服はきちんとアイロンがかけられている。準備は万端だ。いつでも幼稚園に登園できる。

ドラゴンフルーツが自分でやったんじゃない。母親が、ドラゴンフルーツのために、あらゆる準備を整えた。この手作り感のある家も、そうして作ったんじゃないか。

じゃあ、母親はどこに行った？　ドラゴンフルーツは一人、ここで何をしている？

頭の中で糸が通る。ばらばらだった情報が、繋がっていく。

この家がちぐはぐなのは、母親の愛が噛み合っていないからだ。人間ではないものに対して、人間のように扱おうとしたから、家はこんなにも不必要なもので溢れている。だが、愛は本物だ。これだけ完璧に揃えられた物品と、思いやりの感じられる配置、一つ一つに丁寧に貼られたおなまえシールが、雄弁に語っている。

ドラゴンフルーツは、自分が人間ではないと、母に伝えるすべを持たない。ただ、注がれる愛を一身に受けて動かないままだ。そんな果実が遠く望遠鏡の向こうに憧れているのは、鬱蒼《うっそう》とした熱帯雨林。そう、産み落とされたところが間違っていたのだ。砂漠では芽吹くこともできない。ただ、休眠し続けるだけだ。

海のように深い母の想いは乾いた砂に吸い込まれる一方で、ドラゴンフルーツの夢は虚構の絵によってしか満たされず、決して実を結ぶことはない。だからここでは、何もかもが止まったままでいる。

そういう、裏世界だったのか。

おなまえシールは、天体望遠鏡にも貼られている。これを設置したのも、ジャングルの絵を貼り付けてやったのも、母親なのだろう。おそらく彼女は、気がついていたのではないか。自分の下に生まれた子供が、普通の人間ではないと。

一組の親子の辛い思い出に入り込んでしまったようで、切なくなった。だが、それ以上の衝撃を伴うある思いつきが、私の心を揺さぶっていた。

待てよ。だとしたら、もしかして。

小指さんがやろうとしていることは。

†

プールサイドで僕が声をかけると、スイマーはかすかに眉間に皺を寄せた。

「またあなたですか、小指さん」

「お邪魔でなければ、今日も一緒に泳ぎたくて」

一瞬スイマーは口の端で笑う。だがすぐに「いいですよ」と頷いた。いつものように何往復かした後に、二人で休憩する。いつもは僕から話を振るのだが、今日はスイマーの方から話しかけてきた。

「魔が差す、ってあるじゃないですか」

戸惑いを隠して、僕は頷く。

「ああ。それが?」

「一種の気まぐれみたいに言われてますよね。疲れている時、あるいは余裕がない時に、ふっと普段と違う行動を取る。いつも歩かない道を通ったり。異性に大胆に迫ったり、あるいは誰かを傷つけたり。後から考えても、どうしてあんなことをしたのかわからない、自分で自分がわからない。束の間、悪魔に体を乗っ取られたかのよう」

プールサイドに手を伸ばし、並べられているビート板を二枚取ると、一つをこちらに手渡してきた。

「個人的には、ただの言い訳だと思うんですよ。小指さんはどうですかね」

スイマーが何を言いたいのかがわからないので、曖昧に微笑んでおく。ついてこい、と促された。ビート板を抱えてスイマーが泳ぎ出す。僕もその後を追った。

「普段はしないから、何なのか。これまでは本性を隠していただけ。必死に別の自分を演じていただけ、かもしれません。あるいは少しずつ少しずつ、不満が溜まってい き、ついに限界を超えて噴き出したのかもしれない。どちらにせよ、それも自分じゃないですか。魔は外から差しはしない。内にある。自分の中に確かに存在して、抑圧されている。いつだって人は、魔を出したくてたまらない。隙さえあれば、仮面を外すだけのこと。そうじゃありませんか」

プールの中ほどにさしかかったところで、スイマーはバタ足を止めて僕を振り返った。

二人でビート板の浮力を借りて、プールの真ん中に浮かぶ。足元の数メートル先では、今日も元気にブレードが回転している。時折細かい泡を吹きながら、澱んだ水をかき回している。微かな振動が、足の裏に伝わってくる。

「だから、私は言い訳はしません。口が裂けても、魔が差しただなんて言いません。行くなら行くで、自分が決めたから、そういう立場で行くつもりです。ここをはっきりさせておきたい」

スイマーの目は澄み切っていた。

「……ブレードの向こう側に、だね」

その目で、僕をじっと見据える。

「ええ。その上で聞きたい。あなたは何者ですか、小指さん」

息を呑んだ。スイマーの目が、突如として爬虫類《はちゅうるい》のように鋭くなったからだ。

「どういう意味の質問か、わからないな」

誤魔化す声が震えてしまう。

「とぼけないでください。私はね、あくまで自分で決断したんです。遅かれ早かれそうしたはずですから、決断に不満はない。ただ、私の判断に何者かが介入したとするなら、不愉快です。そんな余地があるとしたら、排除したいわけです」

スイマーが目を剝く。牙を剝く。白目が充血し、赤い歯茎がはっきり見える。これまで見たことのない表情。逆立った髪が水泳帽を弾き飛ばす。ビート板に、爪が食い込む。

これは、まずい。

「ああ、その通りだ。君は自分で決断した。他の意図など入るはずもない。そうじゃないか」

距離を取ろうとしたが、水中ではうまく動きが取れない。スイマーは瞬きもせずに僕を見ている。その瞳孔が、きゅっと小さくなり、黄色く光った。

「おかしくないですか。他の泳いでいる人たちと、小指さんとは、水質検査。あなた、何かしましたね。むずがゆいので虫刺されに効く薬が欲しい。寄生虫がいる。這い回っています。あなたの存在がかまびすしい。あ、すみません、入ってます。もうすぐ出ます。いえ、新聞はいりません。家主に挨拶もせず滞在を？　それは常識外れだと私も思うなあ。いえ、五千円チャージでお願いします。ところで、ばれないとでも思いました？」

呂律《ろれつ》が回っていない、意味不明の声が、頭の中にガンガン響く。目眩がして頭を抱える。裏世界の主が、瞬き一つせずに僕を見ている。裏世界の全てが、僕を見ている。目の前にいるスイマーも、隣のレーンでクロールをしている女性も、プールサイドで体操している老人も、ベンチで休憩している子供たちも、僕を見ている。それどころか、天井や壁やコースロープ、照明、時計、塩素臭い水に銀色の配管、湿った空気まで、全てが僕を見ている。視線の槍衾《やりぶすま》。四方八方から突き出される先端。プール全体から声が響き、僕の全身を取り囲んでは押し潰す――

気がつくと、ファミレスの座席で荒く呼吸をしていた。

どこかのテーブルで店員を呼ぶチャイムの音。厨房から漂ってくる肉の香り。ドリンクバーコーナーでいちゃつく男女。平和な光景だったが、怖かった。今にも店員や、肉や、カップルが、一斉にこちらを振り向きそうで。

ぬるくなってしまったお冷やを飲んでいると、少しずつ落ち着いてきた。額と背中にびっしり、冷たい汗をかいている。

危なかった。

裏世界を旅していると、危険は少なくない。死を意識したこともある。だが、裏世界の主にあそこまではっきり敵視されたのは初めてだ。まだ体の震えが止まらない。目の前では月子さんが、僕の腕を握りしめたまま、目を閉じて俯いていた。彼女はまだ砂漠の裏世界にいるのだろう。

ちくしょう。僕としたことが、これくらいで逃げてしまうなんて……。

僕は月子さんの腕を振り払う。ハンカチで汗を拭いているうち、ふつふつと怒りが湧いてきた。ここまで来て、引き下がれるか。僕は何千もの裏世界を旅してきたんだ。こんな裏世界、何だ。

僕は右手の小指を曲げ、チューニングを試みる。スイマーの心と周波数を合わせていく。だが、指が震えてしまって、うまくいかない。今、行かなくちゃいけないのに。崩壊の瞬間に居合わせなきゃ、意味がないのに。この距離じゃだめなんだ。もっと近づけば、誤差を相殺できる。

急げ。

僕は財布から千円札を取り出して、月子さんの手に握らせる。ジャケットを羽織り、立ち上がった時、彼女の言葉を思い出した。

——お願いがあります。自分一人の時に危険なことはしないでください。

しばらく彼女の顔を見つめた。月子さん。長い睫毛が、儚げに揺れていた。

「すまない」

そう告げて背を向ける。勢いよくファミレスの扉を開けて外に出ると、スイマーのアパート目がけて駆け出した。

†

時の止まった砂漠で、何かが動いた。

ぴき。

ひび割れるような音に、考え込んでいた私は顔を上げる。

めき。

気のせいじゃない。何だ？

音の主がわかった途端、私は悲鳴を上げ、走った。

「ダメだよ！」

椅子の上のドラゴンフルーツが、微かに震えている。緑色の棘が逆立ち、鮮やかな赤い体が、ぷるぷる揺れながら割れていく。熟れきった果実が、もう待てないとばかり己の中身をさらけ出していく。中からは瑞々しい赤い果肉が溢れ、胡麻《ごま》に似た黒い種がいくつか飛び散った。

「ダメ。ここじゃ、ダメ」

私は駆け寄って、ドラゴンフルーツを抱きしめた。必死に、割れていく果実を押し止《とど》めようとする。だが、とても無理だ。どこにこんな力が潜んでいたのか。両手におさまるほどの果物が、宇宙開闢《かいびゃく》のごとく力強く膨らんでいく。

「こんなところで芽を出したら、死んじゃうよ、君！」

これまでずっと砂漠に一人で耐えていた鬱憤を晴らすかのようだった。散らばった小さな無数の種から、あるいは果実の中から、次々に緑の芽が吹き出し、ぐんぐんと伸びていく。蔓状の茎は絡まることもなく、真っ直ぐに一点を目指して進んでいく。天体望遠鏡の接眼レンズ。

ドラゴンフルーツは、虚構のジャングルを目指して、一斉に発芽したのだ。それは悍ましい光景だった。無邪気に蔓を伸ばし、接眼レンズにぶつかって、はじき返される。それでもくじけず、ぐぐぐと茎を曲げてはもう一度接眼レンズを目指す。固いガラスと、もやしに近い芽ではまるで勝負にならない。茎は曲がり、時には折れ、裂け目から透明な体液が噴き出る。しかし諦めず、必死に、何度も何度も。ドラゴンフルーツは砕け、だんだんぼろぼろになって、私の指をすり抜けて地に落ちた。芽たちは己の命を削りつつ、なおも愚行を止めない。世界が、破滅に向かって動き始めた。

「やめて。もう、やめて」

私はドラゴンフルーツをかき抱き、叫び続けた。

†

適当な場所を見つけ、小指のチューニングをし、もう一度裏世界に入るまでに十分ほどかかった。

プールの真ん中にぽつんと浮かぶ二枚のビート板を見て、慌てて水に飛び込んだ。必死に水をかいて進み、そして潜った。

スイマーは、まだいた。プールの底、回転ブレードのすぐ手前で、仰向《あおむ》きに漂っている。髪を海藻みたいにふらふら揺らし、口から泡を吐いていた。

どうやら、重要なところは見逃さずに済んだみたいだ。

ほっとして、僕はすぐ横まで泳いでいく。緑色の液体の中で目が合って、スイマーが微笑んだ。金魚みたいに口をぱくぱくさせている。そのたびに空気の塊が飛び出して、水面へと上っていく。声はくぐもって聞こえなかったが、何を言っているかはわかった。

戻ってきたんですね。

僕も答える。

戻ってくるとも。

一つ声を出そうとするたびに肺から酸素が出ていって、代わりに澱んだ液体が胃に流れ込む。

あれだけ脅したのに来たってことは、どうなってもいいわけですね。

スイマーが犬歯を見せて笑った。爬虫類のような目が光り、再び裏世界じゅうが僕を見据える。プールを構成する水分子の、一つ一つの水素と酸素とが僕を監視している。皮膚をちくちく刺されるよう。ついさっき、恐ろしくて逃げ出したというのに、覚悟して飛び込んだ今は妙に心地よかった。

お前も道連れだ。

スイマーが叫んだ。悪意に満ちた笑い。口の中がはっきりと見える。赤くてぬらぬらした触手のような舌、白と黒の交ざった歯。二本の腕を突き出し、僕の肩をがっしりと摑むと、ブレードの方に僕を力一杯押し出した。

僕は抵抗しない。するつもりがなかった。

いいだろう、行き着くとこまで行ってやる。裏世界の底の底まで、見せてみろ。

僕も両手でスイマーの腕を摑んだ。僕らはきりもみしながら潜っていく、背に伝わるブレードの振動が、少しずつ強くなっていく。右足首に衝撃が走った。熱い痛みと共に、世界がぐわっと歪み、凄まじい力で全身が引っ張られた。ブレードの回転が、あっという間に僕の体を巻き込み、奥深くへと飲み込んでいく。全身に刃物が叩きつけられ、寸断される直前、僕は見た。

一緒にブレードに飛び込んだスイマーが、腹から真っ二つになるのを。その嬉しそうな顔を。

†

かき抱いたドラゴンフルーツの蠢きで、私に感情が伝わってくる。流れ込んでくる。裏世界に起きている変化はドラゴンフルーツだけだが、それでもはっきりわかる。

樋ノ上創の心が見える。

投げ捨てたチョコレートの包み。伝わらない母の想い。遠足の山の雷。縁日で出会った男。クラスメイトを観察し、人間らしい振る舞いを一つ一つ身につけていったこと。母の葬式。成績優秀だった姉。認知症になった父。早々に海外に出て行き、そこで結婚した姉。受け取った遺産。独りぼっちの部屋。独りぼっちの部屋。独りぼっちの部屋。独りぼっちの食事、独りぼっちの買い物、独りぼっちの毎日。断片的な記憶たちと、それを貫く一つの感情。深い深い孤独。

樋ノ上創が叫んでいる。声を限りに叫んでいる。

わかってほしい、自分の心の中にも雷が落ち、雨が降り、陽が差すことを。わかりたい、みんなの心の中の落雷を、降雨を、陽光を。自分は変なんだ。普通には感情表現ができないんだ。でも人間なんだ。人間だって決めたんだ。だからぶつけ合いたいんだよ、心と心を。

か細くて、濃縮されていて、とても甲高い叫びだった。

†

体の中で続けざまに爆発が起きている。骨も肉も皮も粉砕されていく。ブレードが何層あったのかわからないが、足や腕を失う程度では済まなかった。僕も、たぶんスイマーも、大根おろしになるだろう。すぐに、僕の意識は薄れていった。足が痛いから、下の方が痛いに変わり、どこかが痛いになり、あちこちがとにかく熱いになり、そして冷たく揺れている、に変わっていった。しばらく言語化もできないような、曖昧な感覚が続いた。抑揚のない歌を聞き、規則性のない波に揺られるような時間。

そして急に、意識が戻ってきた。

もうどこも痛くない。そのかわり、肉体の感覚がなかった。あたりの様子をうかがう。ここはどこだろう。

僕は広大な深海にいた。

どこまでもどこまでも、果てが見えぬ碧《あお》い水の中に、僕はゆっくりと沈んでいく。微かに立ち上る泡のおかげで、かろうじて上下が理解できる。水面からは光芒《こうぼう》が降り注ぎ、オーロラのごとく揺れている。底は見えない。ただ少しずつ青が濃くなっていくだけだ。

たくさんの生き物が泳いでいた。亀や魚のような見覚えのある奴らもいれば、ペットボトルに半分ほどコーラを入れ、蓋の代わりに風車をくっつけたモノが群れをなしていたりもした。他にもパイプ椅子の脚に干し柿がぶら下がったモノだとか、女性の乳房が裏表にくっついた辞書らしきモノだとか、わけのわからないモノが泳ぎ、食い合い、時には逃げ惑い、あるいは寄り添い合って眠っていた。自動車ほどの大きさの郵便ポストに嚙みつかれた鮫が、青い血をまき散らしながら沈んでいく。

ここは野蛮で、残酷で、無法な混沌《こんとん》だ。

ふと水面に目を凝らす。ちょうど直上あたり、小さな小さな真円が、マッチ箱ほどの大きさの四角に敷き詰められている。ああ、プールの底だ。何とちっぽけなのだろう。あれが世界の全てだと思っていたとしたら、不幸なのだろうか、幸せなのだろうか。

僕を、何かが食っている。痛みも感覚もないのに、食われていることだけがわかる。少しずつ僕が減っていく。慌てて身を翻して逃げる。端っこの方を齧《かじ》っていたのは小魚だった。そして僕は、ようやく自分に起きていることを理解した。

僕は無数の小さな欠片になっていた。柔らかいパンを水に浸して、どろどろにしたようなものだ。ブレードによって切り刻まれ、僕というまとまりは消滅した。僕は、プールで泳いでいた頃の六割ほどに減ってしまっていた。四割はどこかにまき散らされたか、他の生物の胃袋に収まったと思われる。消化吸収された細胞たちは、もう僕ではない。何かになってしまった。

それから考えた。スイマーは、どうなったのだろう。

†

ふと、夜中にスイマーは目覚めた。

開け放したカーテンの向こうでこうこうと月が照る。冷えた空気を吸っていると肺が洗われるよう。そして自然に決断できた。明日から会社に行くのをやめよう、と。穏やかな気持ちで目覚まし時計のセットを解除する。しばらく休んでいると、外を歩いてみたくなった。買い物のためでも、出勤のためでもない外出は、久しぶりにスイマーをわくわくさせた。ハムに糸を通して腰にくくりつけ、非常食とする。包丁を一本、金槌《かなづち》を一本、ベルトに結びつける。武器だ。室内をきょろきょろ見回す。どうせなら出たいところから行こう。

窓を開き、ベランダの柵を乗り越える。二階分の高さ。目の前に立つ木に飛び移った。枝葉が揺れ、鳥か蝙蝠《こうもり》か、ばさばさと音を立てて逃げていく。しばらくそこに佇んでから、プレハブの物置の屋根に飛び降りる。トタンが激しく震え、物置は大きく揺すられた。そして、満を持して大地を踏む。湿った土の感覚が素足に心地よい。

ようやく一人になれた気がした。地球と自分、一対一。血が全身を巡るたび、力が漲ってくるのがわかる。体が熱くて、何かに突き動かされているようで、いてもたってもいられない。しゅう、しゅうと息をするたびに湿った空気が外に逃げていく。

襲いたい。

狩猟本能というべきか。何かを壊したくて、追い詰めたくて、戦いたかった。草陰に小さな蛙《かえる》を見つけ、ふん捕まえて締め上げる。手の中で柔らかいものが潰れた。そいつを口に放り込み、薄苦い味を飲み込む。足りない、こんなものでは。腰の包丁を手に取り、握りしめてあたりを見回した。そして男を見つけた。

アパートの敷地を区切っているブロック塀の陰で、身を縮めてうずくまっている。右手首を大切そうに左手で握りしめ、少し曲がった小指をぴんと立てている。瞑想するように目を閉じ、俯いたまま動かない。

ファミレスにいた男だった。こんなところで何をしているのだろう。彼を見ていると、無性に不愉快であった。だが今や、不快なものを排除するのに躊躇する理由はどこにもない。ちょうどいいところに、獲物が現われた。それも、隙だらけである。

スイマーは男にそっと歩み寄る。

月光を浴びて煌めく包丁を構える。男が目覚める様子はない。

†

海の中、ぶよぶよの塊に成り果てた僕の前に、ついにそいつが現われた。

ぶくっと膨らんだ大きなビニール袋から、細く長いコイルが何本も垂れ下がったような姿。薄紫から鮮やかなブルーのグラデーション。いびつに歪むクリアな気泡体は、水着をまだ穿いている。

そうか、カツオノエボシは群体生物だったな。己を拘束していたルールを捨て、ばらばらになったスイマーは、捕食に向いた姿へと自分を再構成したらしい。

その猛毒クラゲは、僕を嚙っていた小魚を触手で捕らえると、チューブ状の黄色い先端を広げ、少しずつ丸飲みしていく。その間にも別の小魚を捕らえ、別のチューブへと運んでいた。旺盛な食欲。そして、僕の方に向かって近づいてくる。それほど速くはないが、追いつかれるのは時間の問題だろう。

君は僕に似ているところもあったけれど、やっぱり違うね。人間的な思考を残したままの僕。いちはやく環境に適応し、欲望のままに食い殺していく君。さすがだよ。

カツオノエボシの触手が迫ってくる。何本も、広げながら、抱え込むように、逃がさないように。膨らんだ感触体の中から毒針を浴びせかける時を、今か今かと待っている。

一応、僕は逃げようとした。

もう小指という形はないけれど、小指だったはずの細胞を動かしてチューニングを変えて。裏世界から、現実世界へ逃げだそうと試みた。

できなかった。

何度試しても、世界は反転しなかった。そりゃそうか。人間の形を失ってしまったんだ。終わりだ。この裏世界で朽ち、養分にされるのだ。笑えるね。あれだけ月子さんに偉そうに注意しておいて、自分が裏世界から出られなくなるなんてさ。

カツオノエボシの気泡体が揺れる。触手が僕の全細胞の機能を破壊すべく、柔らかく抱擁してくれた。

†

私の前でドラゴンフルーツが脈打ち、感情を吐き出すたび、世界がぐにゃぐにゃ曲がり、明滅していた。世界の輪郭が薄れていく。陽炎《かげろう》のように透き通り、揺らいでいる。裏世界そのものが、壊れつつあるのだ。

「わかりましたよ、小指さん」

小さな種から伸びた芽は、より合わさって一本の太い槍となり、天体望遠鏡の接眼レンズを突き破っている。茎はところどころ千切れ、根の方は早くも枯れ始めていた。

「どうしてさっき、あなたの前で泣きそうになったか。どうしてあんなに心配だったか」

私は束になった芽を、両腕で抱きかかえ、引っ張った。天体望遠鏡がぐらぐらとかしぐ。力一杯引いても、戻ってこない。歯を食いしばって全力で引くと、勢い余って再転んでしまった。髪はばさばさ、体中砂と果肉まみれ。だが、すぐに起き上がって再び引く。

「可哀想だったからですよ。健気《けなげ》に思えちゃったからですよ。勘違いしないでください。これは愛情じゃなくて、そうですね、強いて言えば正義感ですから」

バチッと音がしてネジが飛んだ。と、天体望遠鏡の固定が外れ、こちらに倒れ込んできた。私も転倒し、肩と腰をしたたか打つ。棚から食器がこぼれ落ちて割れ、破片があちこちに散らばった。だが、今の衝撃で接眼レンズに微かな隙間が空いた。私はそこに、迷わず手を突っ込んだ。

「あとは……少しの、同行者としての情も、入ってます」

割れて尖った接眼レンズが、私の腕を突き刺して切り開く。赤黒い血が溢れ出し、腕を伝って脇の下を流れていく。それでも私は力を緩めない。

「ねえ、ドラゴンフルーツ。いや、小指さん。いや」

そして彼の名を呼んだ。

「樋ノ上、創！」

†

カツオノエボシに食われて死んだはずだった。水中を漂う緑のゴミと同じものになったはずだった。だが、確かに聞こえた。僕を呼ぶ声が。

†

私は隙間を強引に広げて、自分の体を潜り込ませた。前へ、前へ。彼が入り込んでしまった奥の方へ。接眼レンズを越えて、侵入する。傷だらけになりながらも、ただ向こう側を見据えて。突然、水が溢れ出してきた。碧く濁った水だった。

私たちは、ずっと勘違いしていた。スイミングクラブと砂漠、二つは一人の人間《スイマー》の裏世界だと考えたのが、まず間違っていた。もっと早く気づくべきだったのだ。

——君が勝手に着地点を変えてるんだ——僕の行きたい場所とは関係なく、自分が行きたい場所に、向かっているんだ。

小指さんが言っていた。

——物理的な距離が近い方が楽でね。顔を合わせて話す方が、電話やメールよりも相手の機嫌や感情が読み取りやすいだろう?

簡単な話だ。小指さんが勝手に見つけてきた標的、スイマーの裏世界なんかよりも、私が行きたかった裏世界があった。ずっと内側を覗いてみたかった人。そして裏世界に飛ぶとき、一番近くにいた人。裏世界旅行の素人でも何とかチューニングできる近距離、肌と肌が触れあうところにいた人。

　小指さん。

　私が入った砂漠の裏世界は、小指さんの裏世界だったのだ。小指さんはスイマーの裏世界に入り、私は小指さんの裏世界にいた。今度こそ小指さんから離れないように、と意識すればするほど、行き先は彼の中になってしまったのだろう。

　噴き出してくる水に逆らいながら、私は進んでいく。

　ひねくれ者で、異常に好奇心が強く、自分の欲求のためなら他人などどうでもいいのだと思っていた。だから前のめりになってスイマーの裏世界を引っかき回そうとしているのだと考えていた。違ったのだ。伝わってくる感情が、こう言っている。

　小指さんはスイマーと友達になりたかったのだ。

　ざぼん、と音を立てて私は水中に飛び込んでいた。ここはどこだろう。沈んでいく。私はどんどん沈んでいく。恐ろしく深く、広大な水の世界だ。上からは光が差し込み、あたりを照らしている。蔓のごとく底に向かって伸びているドラゴンフルーツの芽を握りしめ、辿りながら先を目指す。

　スイマーを観察していて、小指さんは気がついたのだ。お互い「人間の振りをしている者」だと。同類だからこそ、確信を持てたのかもしれない。

　現実世界で孤独だった小指さん。みんなが当たり前に受け入れられることがすぐに理解できず、一つ一つ学習するしかなかった小指さん。いつか言っていたように、その過程で裏世界への鍵、曲がった小指も見つけたのだろう。そして裏世界に行くようになってからはなおのこと、現実に興味を失っていた。

だけど、スイマーとなら。スイマーの化けの皮を剝ぎ、本音で向き合えば、わかり合える気がしたのだろう。彼にとって、初めて一方通行でない、他人との交流の可能性だった。乾ききった砂漠で、それはどれだけ甘美なものに思えたことか。だから、その希望にすがりついた。必死に。

己《おの》が身を危険にさらしてでも。

彼は、現実への憧れをずっと胸の内に秘めていたのだ。望遠鏡を覗き込むような、遙かなる想いを。

だんだんあたりが暗くなってきた。光が届かない。それでも進む、深海へと。

バカ。バカだよ。スイマーとあなたは、全然違うじゃないか。色々な裏世界を旅して回るのが好きだったんでしょう。間接的だけど、人の心を見ようとし続けたってことじゃない。人間に興味を持たず、ただプールを往復し続けているスイマーとは、似て非なる存在だよ。

私は昏《くら》い闇を睨みつける。

いい加減、怒るよ。私じゃないか。裏世界を通じてわかり合えるのは、あなたの友達になれるとしたら、私だよ。おこがましい？　そんなことない。だってあなたは、私の裏世界を、美しいと言ってくれた。

「帰ってこいよ……」

あなたは生まれる場所を間違ってなんかいない。ただちょっと不器用なだけの、普通の人間だ。ねえ、聞いてる？　そこにいるんでしょう。

「現実に帰ってこいよ、樋ノ上創！」

私の怒号と同時に、遙かな天が光った。

分厚い水の壁をぶち破り、轟音と共に雷が落ちる。あたりが蒸発して一斉に泡と化し、一面が白い空気の球に溢れる。その感触と破裂音に包まれながら、漂っていたかすかな澱《おり》が電気で焼かれ、磁力を生じ、互いに吸い寄せられて凝固する。ぐちゃぐちゃに崩れてしまっていた肉体が、輪郭を持つ。

小指さんの形が蘇《よみがえ》った。

体が欠損している。左腕の肘から先と、右足の大部分がない。だが、確かに小指さんだった。何が起きたのかわかっていない、呆然《ぼうぜん》としている。その右手に小指はなかった。代わりに細い、もやしのような、薄緑色の芽が束になって生えている。それは私が摑んでいるドラゴンフルーツの芽と繫がっていた。

小指さんの手首を握りしめる。絶対に放さない。

さあ、帰ろう。

猛烈な勢いで、私たちは上昇した。周囲を泳いでいたカツオノエボシが、イカが、鮫が、みるみるうちに小さくなっていく。全身を泡に包まれて、シャンパンの栓を抜いたみたいに、そう、何かとてもおめでたいことのように、私たちはくるくる、舞い上がっていく。どんどん加速して、耳の奥がきーんとして、体が内側からひっくり返りそう。泡の不規則な破裂音は、まるで複雑なパーカッション、あるいは金管楽器の大喧嘩《おおげんか》、もしかするとお祭りの太鼓。ミー散乱した光が泡を、しゃぼん玉のように虹色に輝かせて。音楽のテンポが、光の明滅が、速く、速く、どんどん速くなっていく。

そして、それら全てがクライマックスに達する瞬間。

私たちは手を繋いだまま、水面を飛び出した。

†

スイマーは、唖然としていた。

ブロック塀の陰に座り込んでいるこの男は、確かに意識を失っていたはずだった。

いや、今でも我を取り戻した様子はない。だが、確かに右腕を振るい、突き刺さる寸前だった包丁をはねのけた。

凄い力だった。まだ、スイマーの手は痺れている。

もう一度包丁を握り直し、構える。だが、攻撃できなかった。

男は目を閉じ、座り込んでいるだけなのに、先ほどまでとは放っている気配が変わっていた。生きようとする意志が、その全身に満ちている。どんな角度から包丁を突き出しても、また同じようにはねのけられる気がした。

しばらく男を見つめてから、スイマーは後ずさりして、ふんと鼻で笑った。まあいい。殺しても、殺さなくても、どうだっていい。そこまでこいつに興味はない。いや、どうだっていいんだ、人の世など。

スイマーは踵《きびす》を返した。もう、男のことはすっかり意識から消え去っていた。そのまま走り出し、闇の中へと消えた。

†

帰ってきた。

ずいぶん長い間、息を止めていたような気がする。

私は喘《あえ》ぐように呼吸して、空気を胸いっぱいに味わう。砂漠に設けられた小さな家、倒れた天体望遠鏡のそばで、私は転がっていた。もちろん小指さんも一緒だ。彼もやはり床に倒れてぜえぜえと息をしていた。

接眼レンズは、どこか遠くの裏世界に繋がったまま。そこから碧い水が次から次へと溢れ出してくる。滋養に満ちたその液体は、砂の中に吸い込まれていく。乾ききった砂漠は底なしに水を飲み込むが、噴き出す水もまた、際限がなかった。

ようやく呼吸が落ち着いてきたが、疲れ切って動けない。小指さんも同じらしく、私たちは水の奔流を呆然と見つめていた。家の壁も床も、濡れた部分は色が濃く変わり、さらに水が吹き付けると、だんだん崩れていく。食器も、服も、家具も、どこかに流れ去っていった。やがて屋根に穴が空いた。穴は広がり、あっという間に家が溶けていく。噴水のように吹き上がる飛沫が、高く高く空目がけて飛んで行くと、やがて霧雨のごとく落ちてくる。

砂漠に、雨が降り続ける。

二人ともびしょ濡れのまま、何とか手近な砂丘に這い上がった。その頃には小さな川や、池ができていた。高いところから低いところに向かって水が流れ、砂を削り、砂紋を作り出している。

やがて砂の間に、信じられないものが姿を現わした。緑色の小さな芽が、ぽつ、ぽつと飛び出したのだ。砂を弾き飛ばして双葉を震わせると、にょきにょきと伸びて、つぼみをつけていく。

そういえば、何かで読んだ。

砂漠は不毛の地だと思われているが、そうとも限らない。何十年、あるいは何百年かに一度雨が降ると、池と川ができ、休眠していた植物が一斉に芽吹き、青々とした草原を成して花を咲かせるという。その甘い香りに誘われて、虫がやってくる。その虫を狙って鳥が飛んでくる。やはり休眠していたトカゲや蛙が這い出てくる。池も川もせいぜい一週間ほどしか保《も》たないが、その間に植物は受粉を終えて種子を作り、虫は卵を産み、爬虫類は栄養を蓄えて眠りにつく。乾ききった死の世界の下で、暖かい砂を布団にして、再び雨の降る日をじっと待つ。素早く虫を呼べるよう、砂漠の花は鮮やかで、香りの強いものが多いという。

今、私たちは目の当たりにしていた。

砂漠が色とりどりの花と、虫と、鳥に覆われていくのを。

濃いピンク。燃えるような真紅。珊瑚礁《さんごしょう》に空いた穴のようなブルー。真珠のような白。そして鮮烈な緑。ビビッドな色たちはグラデーションを成して、いつから吹いていたのか柔らかな湿った風に揺れている。その中を水玉模様の蝶が舞い踊る。甘い香りが鼻腔《びこう》をくすぐる。

「紙一重なんですね……」

私はようやく、小指さんに話しかけた。

「地獄と、楽園って」

小指さんは呆《ほう》けた顔で草の上に腰掛けて、あたりを眺めていた。着ている服はぼろぼろで、ほとんど裸だ。紫色の蝶が一羽、ひらひらと飛んできて、彼の頭に止まった。

ふっ、と小指さんは笑った。

「月子さんの裏世界に似ている」

「そうですか？　私の裏世界の方が、想像力豊かだと思いますけれど」

「草が生えていて、大地があって、風が吹いている」

「確かに。じゃあ人間、そう大差ないんじゃないですか」

「誰かが言ってたな。脳みその裏側には同じもんが埋まってる、信じろと――」

独り言のように呟くと、小指さんは体を起こそうとしたが、すぐによろめいた。

「手伝ってくれ」

「その足、どうなってるんですか」

彼の左腕と右足の断面は、水に浸したお麩《ふ》みたいになっている。

「全身がバラバラになっていたところを、カツオノエボシに食べられたんだ」

「何を言ってるかさっぱりわかりません」

私は彼に肩を貸すと、よいしょと引っ張り上げる。二人は、合計三本の足で立った。

そしてしばらくそのままでいた。鳥のさえずりが、どこかの茂みから聞こえてくる。

まるで初めてこの地に降り立ったみたいに、小指さんは目を細めていた。

現実世界で目覚めると、病院にいた。

道端で意識を失っていた小指さんと、ファミレスでぶっ倒れたままの私を、それぞれ救急車が運んでくれたそうだ。迷惑をかけてしまった。病院の廊下でストレッチャーに乗せられて、もうすぐお医者さんが診察に来るというところで私が目覚め、そのすぐ後に小指さんが目覚めた。

簡単に検査をされたが、特に異常は見られず、私はそのまま退院できた。だが、小指さんの方はそう簡単にはいかなかった。左腕と右足が動かせなくなっていたのだ。彼は入院することになった。

スイマーは、どこかに消えた。小指さんに教えて貰った名前と住所を頼りにアパートに行ってみたが、窓ガラスが割れたまま、誰も戻っていないとのことだ。水野祐司《みずのゆうじ》という名前の、決まり切った毎日を過ごして人間の振りをしていた男は、社会生活を放棄した。とはいえ犯人不明の殺人事件もなければ、奇妙な失踪事件の噂《うわさ》も聞こえてこない。もしかしたらどこかの山奥か無人島で、ひっそりと野生の生活をしているのかもしれない。

そして一ヶ月が過ぎた。

この間、私たちは裏世界に行っていない。

「結局、原因不明だそうだ」

病院の中庭に現われた小指さんは、松葉杖《まつばづえ》をついている。

「でしょうね」

もうすぐ新学期が始まる私は、シラバスに蛍光ペンを引く手を止めて、ベンチから立ち上がった。

「脳にも神経にも異常がない。残る可能性は心の問題だと。必要であれば関連病院を紹介すると言われたよ」

「正しい診断ですね。一度は裏世界に全部を置き去りにしたんでしょう。この程度で済んだのは幸運ですよ」

「そうだな」

彼がにやっと笑うと、ぶらんと左腕が垂れ下がった。まだほとんど動かせないらしい。それでも心臓は血液を送り出し、きちんと酸素と栄養を届けている。

一緒にベンチに座ると、小指さんが言った。

「礼を言うべきだろうな」

入院生活で、いくぶん栄養状態が改善したのかもしれない。小指さんの肌つやは良くなっていた。

「言いたければ、どうぞ」

「ありがとう、月子さん。おかげで生き延びた。いや……生き延びてしまった、のかもしれない」

「あのまま裏世界に取り込まれていた方が、良かったと？」

小指さんは長いこと考え込んだ。そして、微笑んだまま呟いた。

「わからない」

中庭にはガラス製の天井を通して、光が差し込んでいる。植木や花壇の緑が眩しい。

「取り込まれてしまっても構わない、そう覚悟していたのは事実だ。だがこうしていると、行かなくて良かったとも思う」

「裏世界に行くのが、怖くなったんじゃありませんか」

「……多少ね。脱出しようとしてできなかった時には、何とも言えず心細かったよ」

「それを聞いて安心しました」

シラバスを閉じ、きょとんとしている小指さんに言う。

「私と一緒なら、また行けるってことじゃないですか。何しろ私、強力な保険を持っていますから」

「驚いたな。まだ裏世界に行くつもりなのかい？」

「当然です。チューニングマシンが小指さん。緊急脱出装置が私。ようやく対等の、いい関係になれたと思いませんか。旅行は、まだまだこれからですよ」

私は鞄から、ノートを取り出した。これまでずっと、裏世界に行く度にメモを取ってきたノートだ。最近、表紙に「裏世界探訪記録」とタイトルをつけた。

「私、裏世界を学問として研究しようと思ってるんです」

「なんだって？」

小指さんが素っ頓狂な声を上げた。無理もない。でも、ただの思いつきで言っているわけではないのだ。

「大学の講義も受けてみるものですね。民俗学や地理学の研究手法は、裏世界にも使える気がするんです。現地に飛び込んで色々調べて回る……要するにフィールドワークじゃありませんか。それとなく教授に相談したら、興味を持って貰えました」

「本気か？　ずいぶん懐の広い教授だな」

「そうですね、人文科学の守備範囲は広いとはいえ、理解ある教授に出会えたと思います。そういう意味では、この大学に入ったのも運命だったかもしれません。裏世界は研究しがいのあるテーマですよ。これからは色んな裏世界を調べ、比較検討していきたいですね」

小指さんは啞然とする。

「あんな再現性のないものをか」

「再現性があるかないか、きちんと調べてみなければわかりませんよ。とにかく小指さんとなら裏世界に行ける。実際に存在する場所と見なしてもいいんじゃないですか？　次の段階としては、他の人も連れて行けるかどうか。誰でも連れて行けるかどうか。少しずつ、明らかにしていけばいい」

「馬鹿な。論文なのか、ファンタジー小説なのかわかったもんじゃない」

「日本という東洋の島国が、お伽噺《とぎばなし》に近い黄金の島だった時代もありました。裏世界はまだ未解明なだけです。十年後には、誰もが知っている、当たり前の場所になっているかもしれません」

しばらく私たちは見つめ合った。

「裏世界すらも、現実か……凄いな、君は」

にこっと、小指さんはまるで子供のように笑った。

「現実から逃げて裏世界に行った人には、理解できませんか？」

「ああ、驚きだ。でもそうでなきゃ、砂漠に雨なんか降らせられない、か」

私はぐいと身を乗り出す。

「で、どうなんですか。私の研究のために、協力してくれますよね」

おかしそうに肩を揺らしてから、小指さんは頷く。

「いいだろう、面白そうだ。そんな滅茶苦茶なことに大真面目に取り組む君がね」

頷くと、小指さんの目が澄んだ。あの、人を見下すような、好奇心でぎらぎら燃えた目が戻ってきた。いや、少し違う。この世に絶望し切った、虚無的な光がそこから消えたのだ。

「ただし、僕はあくまで旅行者だ。見物して楽しむだけ。研究だの実験だのは、君が全部やるんだな」

「最初からそのつもりです。小指さんには、水先案内をしてもらえれば結構……つきましては、さっそく試してみたい裏世界がありまして」

ノートを開き、私は話し始める。

「ええと、たとえば、まだ自意識が未成熟な子供の裏世界。その母親の裏世界。犯罪者の裏世界。あるいは聖職者の裏世界。多重人格者の裏世界。記憶喪失の人間の裏世界。色覚障害者の裏世界、聾者《ろうしゃ》の裏世界、外国人の裏世界、人間以外の裏世界……どれも気になりますね。どれから行きますか」

小指さんは苦笑しつつも、最後まで聞いてくれた。やがて「これがいいんじゃないか」などと、身を乗り出し始める。

「じゃあ、準備はいいか」

私は彼の腕を握って、頷く。

「前みたいに僕の裏世界に入らないように気をつけろよ」

「わかってます。もう十分見物しましたから、他のところに行きたいですよ」

本当はちょっとだけ気になる。今、彼の裏世界はどんな光景になっているのか。まだ砂漠なのか、それとも。まあ、それは今度でいいか。

「よし。行くぞ」

小指さんが右手を挙げる。小指が曲がっていく。チューニングが始まる。

そして世界は反転した。

了

―――本書のプロフィール―――

本書は書き下ろしです。

小学館文庫

裏世界旅行《うらせかいりょこう》

著者　二宮敦人《にのみやあつと》

二〇二〇年三月十一日　初版第一刷発行

発行人　飯田昌宏
発行所　株式会社 小学館
〒一〇一-八〇〇一
東京都千代田区一ツ橋二-三-一
電話　編集〇三-三二三〇-五六一六
販売〇三-五二八一-三五五五
印刷所　凸版印刷株式会社

ISBN978-4-09-406751-4